死んでしまえば最愛の人

小川有里

草思社

目次

第3章　家族哀歌《エレジー》……95

死んでしまえば最愛の人

第1章

——老い萌え

狙われる男

3年前の夏。

あれ、そういえば、とみどりさんは気付いた。しばらくシゲちゃんを見ていない。

シゲちゃんは隣に住む義母の茶飲み友達である。歩いて6～7分先に住んでいて、夫を亡くした1人暮らし同士、毎日のように行ったり来たりしていたのに、どうしたのだろう。

午後、キュウリ、ナスなど自分が育てた野菜を手押し車に載せて持ってきた義母に、

「シゲちゃんは病気ですか」と聞いてみた。

「元気だよ。彼氏ができたんだよ」

義母は玄関の上がり框《かまち》に腰を下ろしながら、面白くなさそうに答えた。

か、かれし！　みどりさんは仰天した。シゲちゃんは義母より5歳年上の92歳だ。義母は続けた。

「今日は彼氏とご飯食べにいくからだめ、今日は彼氏が家に来る日だからだめ、なんて自慢そうに言ってさ。私は彼氏なんか欲しくないね、ふん」

92歳の彼氏（枯れ氏か）自慢も驚きだが、義母の声に少し妬ましさがあるのを感じて、みどりさんはおかしくなった。義母に冷たい麦茶を勧めながら聞いてみた。

「シゲちゃんはどこで彼氏と知り合ったんですか？」

義母は話し相手に飢えていたらしい。勢い良く話し始めた。

「老人会だよ。そこに来ていた13も年下の森田さんと仲良くなったんだよ。前の彼氏が病気で死んじゃったんで、今度は若い森田さんを狙っていたんだよ」

へええ、彼氏2人目！　しかも一回り以上年下の男とは。義母は顔も服装もまったくかまわないタイプだが、シゲちゃんは違う。いつも薄化粧をして口紅も塗っている。スカーフを首に結んだりしてお洒落しているだけのことはあると、みどりさんは感心した。

義母はさらに続けた。

「シゲちゃんは彼氏としょっちゅうご飯を食べにいってる。おごってくれるんだって。彼氏がシゲちゃんちに来るときは、お弁当を買ってきてくれるんだよ」

高齢の年金生活者にとってこれは大きなメリットである。

「それにさ、森田さんて顔はたいしたことないけど器用なんだよ。台所の修理や建て付けの悪い所を直してくれたり、植木を切ってくれたりするんだよ。え？　奥さん？　奥さんはずっと前に病気で死んだ」

ギブ・アンド・テイク。老いた女の1人暮らしに男手は貴重だ。彼氏のほうも1人でわびしくご飯を食べるより、こぎれいにしたおばあさん、いえ年上のオネエサンとおしゃべりしながらのほうが楽しいに決まっている。できる範囲でエッチ系のこともしているのかもしれない。

そして新型コロナ禍。老人会はお休みになったが、シゲちゃんと彼氏の仲は続いた。食べ歩きに出られないので、彼氏がせっせと弁当を買ってきていた。

シゲちゃんには他市に住む娘がいて、ときどき母親の様子を見にくる。娘が近所の人に言ったそうである。

「彼氏が母にお弁当を買ってきてくれるし、見守ってくれるので助かっています」

なるほど、割り切れば年下彼氏は高齢母親の見守り役として貴重な存在なのだ。

今、シゲちゃんは95歳になった。みどりさんは野菜を持ってきてくれた義母に聞いてみた。

「前ほどではないけど元気だよ。もう彼氏と出歩くのが面倒くさくなったと言っていた。寝転んで家でテレビを観ているほうが気楽でいいってさ。最近、彼氏と別れたという噂だよ」

95歳の別れ。別れの原因は彼氏より、ごろ寝テレビのほうが気楽だから。(長寿社会だなあ)とみどりさんが感心していると義母が言った。

「それを聞いて今度はヨシエさんが森田さんを狙っているんだってさ。ヨシエさんというのは、同じ老人会仲間で今80歳。5年前にだんなさんに死なれて1人暮らしだよ。きれいかって？　ぜえんぜん。口の達者なばあさんだよ」

みどりさんは噴きそうになった。

小金持ちで手先が器用、車を運転できる便利な男、森田さんは、82歳になった今もモテ期が続いている。果たしてヨシエさんとやらは森田さんをゲットできるだろうか。

みどりさんは興味津々で「また続きを教えてください」と義母に頼んだ。

会話がお下手

たまにしか来ない隣市の商業施設であちこちの店を回って、やっと気に入った帽子を見つけた。「足が疲れたな」と感じた葉子さんは、広い通路に置かれた休憩用のいすに座った。コーヒーを1杯飲んでから帰ろうかとぼんやり人の流れを見ていると、いきなり名字を呼ばれた。

「戸根さん、戸根さんだよね」

え？　葉子さんは横を見た。つるつるの頭、腹の出たおじいさんが懐かしそうな笑顔を見せて立っていた。

どこかで見たような……。

「おれだよ。中学校で一緒だった藤山だよ」

あ、あの調子のいいおしゃべり男。同窓会で会ったときから一段と老けていたから、わからなかったのだ。

「還暦同窓会で会ったきりだから13年ぶりかな。戸根さんは変わらないねえ。きれいだし、若いよ。73歳にゃとても見えないよ」

下手な褒め方である。こんな人の多い場所ではっきり年齢なんか言うな。

「いやあ、偶然だねえ。会えてうれしいよ。再会を祝してお茶でもどう?」

相変わらず調子のいい男である。ちょうど飲もうかなと思っていたところだから、まあ付き合ってもいいかと葉子さんはうなずいた。

施設内にあるパンとコーヒーの店に入った。平日の割には客が多い。女ばかりだ。

藤山くんが「おごるよ」と言ったが辞退した。300円で「偶然会っておごってやったよ」なんて言いふらされたくない。セルフサービスなのでコーヒーを受け取って先に席に着いた。

コーヒーを飲みながら藤山くんが言った。

「だんなさん、亡くなったんだってね」

中学校の同級生に聞いたらしい。

「おれの妻も6年前にがんで死んじゃったよ」

「そうだったの。知らなかったわ」

「1人はちょっと寂しいよね」

（私は7年たってもう慣れたわ）と思ったが口には出さず、あいまいにうなずいた。何時かなと何気なく腕時計に目をやった。それを見て藤山くんが、すっと左手首を葉子さんの前に出し「もうじきお昼だね」と言ったあと続けた。

「これロレックスだよ。昔、会社の景気がいいときに買ったんだよ」

高級時計である。しかし、それが何だというのだろう。葉子さんは小さくほほ笑みながら正直に言った。

「私、ブランド品には興味がないのよ。時計は正確に動けば十分、車は安全に走ってくれれば十分だという主義なの」

「そうなんだ」とがっかりしたように手首を引っ込めながら藤山くんが言った。

「お昼はどうするの。上の階においしい焼き肉店があるんだけど、どう？　おごるよ」

はあ？　なんで中学校の同級生というだけでアンタと昼から焼き肉を食べにゃならんのだ。（これは、もしかしてナンパされているのか）と思いながら丁寧に断った。

「ありがとう。でも私、おごられるのは嫌いなの。食べたい物は自分のお金で食べるという主義なので」

藤山くんは「主義、主義って結構気難しい人なんだね」と苦笑いしたあと言った。

「おれさ、１人者同士、戸根さんの彼氏に立候補しようと思ったけど無理みたいだね」

うわ、やっぱりまさかのナンパだったのか。ごめん、藤山くんは全然タイプじゃないとはっきり言うのは悪い。

「私、１人暮らしを楽しんでいるので彼氏なんて興味がない」

と本音を伝えるほうがいいかなと考えていると、勝手に勘違いしてくれた。

「彼氏、いるんだね」

え？　と思ったがそう思わせて話を切りあげたほうが良さそうだ。

「ええ。実は年上のすてきな男性とお付き合いしているの」

藤山くんは意外な反応をした。

「やっぱりなあ。戸根さんはきれいだし、73歳には見えないもんなあ」

まったく。またこういう場所ではっきり人の年齢を言う。隣の席のおばさんが私をちらっと見たじゃないの。

「そろそろ失礼するわ。元気でね」

と藤山くんにあいさつして立ち上がり、自分のコーヒーカップを持って返却棚に足を向けた。

「彼氏と仲良くね」と藤山君が大きな声を掛けてきた。周りの客が見る。

ばか。葉子さんは振り向かなかった。

夕方、葉子さんは少し先にある大きな公園に歩いていった。

昼間の藤山くんの反応を思い出す。73より年上ですてきな男性と聞いて、いくつだよ、

80近くでそんなかっこいい男なんてどこにいるんだよ、と疑わなかったのが笑える。

池のベンチのそばにときどき行き会う大きな白いラブラドールレトリバーを連れた日焼けしたおじさんがいた。笑っているようなおだやかな優しい目で犬が葉子さんをじっと見た。リードを持っているおじさんに「撫でても大丈夫ですか」と聞くと「うん。大丈夫だよ」と言ってくれた。

「こんにちは。触らせてね」

としゃがんで犬に言ってから耳の後ろを撫でると、犬が葉子さんの顔を舐めんばかりに顔を寄せてきた。

「かわいいですね」

おじさんが言った。

「ん。この犬は撫でてくれたら誰でもいいんだよ、うんと喜ぶんだよ」

は？　なんと下手なお返事ですこと。「犬好きの人はよくわかるんだよ」くらい言え。

犬のほうを向いてお礼を言ってから公園の奥に歩いていくと、いつもの老夫婦と行き会った。

よく飽きないなと思うくらい1年中夫婦で歩いている。あいさつを交わし、「いつもラブラブで」と笑顔で言うと「そう見えるでしょ」と妻がホッホッホと笑った。すると夫が通夜のような真面目な顔と声で否定した。

「75すぎてラブラブなんてことはありませんよ」

うわ、面白くない夫。妻100点、夫0点。葉子さんは通りすぎてからつぶやいた。

会話下手なモテない男ばっかりだねえ。

ばば殺しトーク

地方のある町。似たような古い家が建ち並ぶその住宅街は、時折車の出入りする音が聞こえてくるくらいで、のどかな静けさに包まれている。

その中の1軒、幸代さん宅の隣に建つ横口さんの家は特に静かである。横口さんは2年ほど前に妻をがんで亡くし、1人暮らしなのだ。ときどき、車や自転車で外出するのは食事に出ていくのだろうと思われた。生前、彼の妻が「夫は一切料理できないのよ」と言っていたから。

そんな横口さんの家から男女のはしゃいだ笑い声が漏れてくるようになったのは、2週間ほど前からだ。1日おきくらいに午前10時をすぎた頃、女が来てどうも2人でお昼を食べているらしい。

「横口さん、彼女ができたらしいよ。しょっちゅう通ってきているよ。台所の窓を開けると、笑い声が流れてくる。午後3時くらいになると2人で車に乗って出ていく。彼女を送っていくみたい」

幸代さんは帰宅した夫に教えた。夫は横口さんと同じ71歳だが、定年になったあと同じ会社に嘱託で勤務しているので日中はいない。

「彼は大企業の元営業マンだけあっていつもこぎれいにしている。お金もありそうだからモテるんだろう」と夫が答えた。

そう、横口さんは薄い頭髪をきれいに撫でつけ、明るい色のポロシャツやベストを品良く着ている。ダンディ、いやダン爺と言うべきか。

「でもまだ美人の奥さんが亡くなって2年足らずよ。早くない？」

「男の1人暮らしは寂しいんだろう」と夫は新聞から目を離さず言った。

「私、彼女を見てみたいわ。亡くなった奥さんみたいに美人かな」

夫は「気になるならのぞいてみたら」と少し面倒くさそうに言った。

それからも1日おきくらいに男女の笑い声が漏れてくる。幸代さんはついに好奇心を抑えきれず、隣家の玄関が見える庭木のかげで待ち伏せすることにした。

翌々日の午前10時すぎ。紺色の帽子、紺色の上衣、紺色のズボンをはき肩から斜めにバッグを掛けた太めのおばさんが横口さん宅の玄関前に立ち、チャイムを押した。

違うな、何かの集金だなと思ったときドアが開き、「はい、いらっしゃい」と言う横口さんの甘みを帯びた声がした。

えっ、と見つめているとおばさんが何気なくこちらを向いた。顔が見えた。

ええ〜っ！　おばさんではなくおばあさんだった。どう見ても80から下ではない。しかもまったく、というのも失礼だが、きれいではなかった。一種のショックを受けた幸代さんは心の中でつぶやいた。こんなブスのおばあさんでいいんだ……。

「横口さんの彼女、全然きれいじゃなくて、それにおばあさんなんだよ」と幸代さんは帰宅した夫に告げた。夫は「へえ」と言ったあと「どこかいいところがあるんだろうよ」と付け加えた。

あんなおばあさんと抱き合ったりするとは思えない。どこがいいのだろうと幸代さんは不思議だった。

それから2カ月ほどして、幸代さんは親類の法事に出ることになった。JRの駅のホームで電車を待つ間、何気なく周囲を見回した。ホームの端にいる2人連れが目に入った。あっ。横口さんと彼女だった。彼女は少し派手めのチュニックに白いズボンでお洒落していた。2人とも小さな旅行バッグを提げて寄り添うように立っている。この線は山の温泉に近い駅を通る。温泉旅行! まさかの男と女の仲だったのか……。幸代さんはまた新たなショックを受けた。2人に気付かれないように背を向けた。

その後、少しずつ横口さんと彼女のことがわかってきた。噂が広まってきたのである。おばあさんは1人暮らし、横口さんがよく晩ご飯を食べにいく居酒屋に昨年まで勤めていた人で、料理がうまいと評判だったらしい。

「どこかいいところがあるんだろうよ」と言った夫の言葉が当たっていたのだ。おばあさんは横口さんの胃袋をつかんだのだ。いや、よく笑い声が聞こえるということは、会話も上手に違いない。

噂の中で横口さんは褒められていた。居酒屋に行っても皆飲んでお金を払ってくるだけなのに、彼は料理人をつかまえてきた、えらいと。

1年余りたった頃から、おばあさんは横口さんの家に来なくなった。病気で入院しているとの噂だった。やがて亡くなったと聞いた。

幸代さんは思った。おばあさんの過去は知らないが、晩年は幸せだったなと。年下の横口さんにおいしい料理を作って、喜んでもらった、楽しくおしゃべりできて、孤独を感じなかった、温泉旅行にも連れていってもらった。愛されたのだ。ほっこりするような時間を思いうかべながら、静かに永遠の眠りについたのだろうと。

おばあさんが亡くなったと聞いて半年ほどたったある早朝。新聞を取りにいった夫が台所の幸代さんに告げた。

「今、隣から女の人が帰っていったぞ。お泊まりだったらしい」

んまあ、もう新しい彼女ができて今度は最初からお泊まりだなんて。幸代さんはコーヒーを淹れる手を止め夫に聞いた。

「どんな人だった。今度は若い？」

「いや、おまえくらいの感じだった」

「あら、またばあさんなの、横口さんはばば殺しだね」

と言いながら、幸代さんはふっと気付いた。横口さんが年寄り女性を落とすのはメシ活ではないかと。70代、80代なら大抵、料理ができる。ご飯を作って一緒に食べてもらえば、男1人暮らしのわびしさも感じないですむ。メシ活優先だから顔にはこだわらない。

「きみの手料理食べたいなあ。うちで一緒に食べて飲んで帰るのが面倒なら泊まっていけばいいし」……なあんてね。メシ活のおまけは性活だ。おまけだから「ばびぶべぼ」でいいのだ。「ば」ばあさんでいい、「び」美人でなくていい、「ぶ」不細工でいい、「べ」べっぴんでなくていい、「ぼ」ボケてなければいい。

昔取った杵柄の滑らかトークでばあさんに迫るダン爺横口さんを想像して、幸代さんはにやにやしながら目玉焼きに取り掛かった。

老い萌え

薫さんが市内に古くからあるカラオケ愛好会〈音符人〉に入会しようと思い立ったのは、最近滑らかに言葉が出てこないと自覚したからである。

夫にもよく聞き返される。夫の耳が遠くなったせいだと思いこんでいたが、自分にも原因があると気付いたのだ。同じ72歳の友人と行き会って立ち話をしたとき、彼女も「えーと……」「あのう」が多いうえ、声がくぐもって聞き取りにくかった。新型コロナ禍でしゃべる機会が激減し、高齢者は言葉が出にくくなっているのだ。

歌うのはもともと好きだし、発声練習ができればいいやくらいの気持ちで入会してみると会員は高齢者ばかりだった。最高89歳まで20人の会員がおり、毎回15人前後の出席者がいる。意外にも男性会員が多かった。

1カ月がたって少しずつ会員のことがわかってきた。夫や妻に先立たれた独り者がほとんどだった。

〈音符人〉は市内にある全国チェーンのカラオケ店に集まって週1回午前9時から正午まで順に歌うだけだった。そんな朝からと驚いたが高齢者は皆早起きなのでちっとも早くはないのだ。それにこの時間帯は低料金でワンドリンク付き、持ち込み自由、つまむものを取っても3時間で1人1000円もかからない。

薫さんがもっと驚いたのは、朝から熱唱に次ぐ熱唱と大拍手で盛り上がることである。ま、すぐ雰囲気になれて薫さんも明菜や聖子ちゃんになりきって歌うようになったが。

そのうち、薫さんは仲のいい男女に注目するようになった。石田さんという白髪、どこかの社長のような貫禄のある男性と細川さんというたおやかな美人である。月に帰ったかぐや姫が年を取るとこんな感じになりそうと思わされた。

薫さんは2人をひそかに〈社長もどき〉〈かぐや姫〉と名付けた。2人は毎回ソファに並んで座り楽しそうに話をしている。

社長もどきは毎回必ず〈最後の恋人〉という歌を熱唱する。かぐや姫は小さくほほ笑みながら聞いている。ほほ笑ましいというよりどちらかというとアヤシイ雰囲気だ。1人のおじいさんが森進一を熱唱している間に、隣に座っている竹田さんというおばあさんに聞いてみた。部屋中に歌と演奏が鳴り響いているので周囲には聞こえない。教えてくれた。

「2人とも60歳くらいのときに連れ合いを亡くし、ずっと1人暮らしだそうですよ。7年くらい前にこの会で知り合ってから付き合っているらしいですよ」

やっぱり。

「付き合っているというのはどんなふうにですか」

と聞いてみた。

「2人とも70代に見えるでしょ。石田さんは84歳、細川さんは私と同じ83歳ですよ。石田さんが彼女を見初めて交際を申し込み、ドライブしたりご飯を食べにいったりしている間柄だと聞いていますよ」

2人とも80代だったのか。かなり若く見える。

竹田さんが続けた。

「細川さんはとても手先が器用でね、お願いすると小物入れや手提げなんかすぐ作ってくれるんですよ。石田さんはズボンの裾上げや取れたボタンを付けてもらったなんて、うれしそうに話してましたよ」

森進一の曲が終わったので、薫さんはみんなと一緒に拍手をしながら思った。ズボンの裾上げやボタン付けは、部屋に上がらないとできない。ただの茶飲み友達ではないだろうと。

週1回のカラオケが終わると、会員は三々五々散っていく。2～3人で近くの店にランチに向かう人もいる。かぐや姫は自分の軽自動車を運転して帰る。社長もどきは普通車である。薫さんは自転車である。その日、社長もどきの車が駐車場を出るとき、車体の横や後ろにこすった跡がいくつかあるのに気付いた。

あっ、もしかしたら！　薫さんはこの前、知人に聞いた話を思い出した。

「町はずれにある丘の少し先にラブホ（ラブホテル）があるでしょ。朝から年寄りカップルでにぎわっているんだって。年寄りだから駐車が下手で地下の駐車場の壁や支柱にぶっつけたりこすったりがしょっちゅうだって」

社長もどきの車の傷もラブホ駐車でできたのかもしれない。

知人はもう一つ興味深い話をしてくれた。

「年寄りカップルだからね、ラブホのちょっとした段差につまずいて入り口や廊下で転んだりするんだって。おじいさんがひっくり返って手足をゴキブリみたいにバタバタしているので、従業員が救急車を呼びますか、家に連絡しますかと聞くと『家族には電話しないでくれ』って懇願されるんだって。そりゃ、息子や娘に朝ラブホなんて知られたくないよね。私、ヨガを習い始めたんだけど、ゴキブリのポーズというのがあるのよ」

それは仰向けになって両手足を天井に向けて上げ、力を抜いて手首足首をブルブルブルと振るポーズだという。

「先生がゴキブリのポーズをしましょうって言うと私、ラブホおじいさんの話を思い出してついニヤニヤしてしまうのよね」

年寄りカップルがラブホで何をするのかしらと薫さんが尋ねると知人はウフフと笑った。

「カラオケの設備があるし、お風呂も充実しているらしいけど、カラオケとお風呂だけでラブホには行かないだろうから、ほかのこともしているんじゃないの。あなた、夫と行ってみたら」

「夫とだけは行きたくないです」と薫さんが言うと、知人は「同感」と、今度はワハハと笑った。

3カ月ほどたったとき、〈音符人〉に新しい男性が入会した。水山さんという70歳の男性でやせ型の長身、しかも老イケメンだった。グレーの短髪もカッコよく、長い脚にジーンズがよく似合っていた。よろしくお願いしますとあいさつしてにこっと笑った顔がまた魅力的だった。

70歳でも魅力的な男は争いを呼ぶ。なんと83歳のかぐや姫が彼に一目ぼれしてしまったのだ。多分、タイプだったのだろう。入会したての水山さんのそばに行き「デュエットお願いできますか。〈二輪草〉いかがですか」と誘ったのだ。ぼくで良かったらと立ち上がった水山さんを社長もどきがにらみつけていた。

（かぐや姫やるな）と薫さんは感じた。一回り以上も年下の男に一目ぼれする気力があるのだ。彼女はたおやかに見えて、実は気に入った男は必ず手に入れるタイプかもしれないと思った。

事件は次の週に起きた。かぐや姫がまた水山さんにデュエットを頼み、彼と並んで歌い終わったとき、社長もどきがのしのしと水山さんの前に行き怒鳴ったのだ。カラオケで鍛えたよく通る声で。

「なんでおれの彼女を取るんだ」

きゃあ、昭和の青春映画みたい。84歳、83歳、70歳の三角関係！　薫さんはわくわくした。

次の曲の前奏が流れる中、水山さんはきょとんとしている。音符人会長が「まあまあまあ。誤解ですよ」と社長もどきをソファに座らせ「楽しく歌いましょうや」と収めた。かぐや姫は用事を思い出したからとすぐ帰っていった。続いて社長もどきも帰っていった。

次の週、水山さんの姿はなかった。会長からやめたと聞かされた。そりゃそうだよねと薫さんは思った。何が何だかわからないのにいきなり怒鳴られたのだから。

あとで聞いた話である。水山さんが入会した日の夜、社長もどきはかぐや姫にヤキモチの嫌み電話を入れた。かぐや姫は怒って彼の電話を着信拒否にした。若くは見えても2人は年齢的にメールが苦手で、連絡方法は携帯の電話のみだった。

1週間毎日かぐや姫に電話しても通じない。焦った社長もどきが次の週に水山さんに怒鳴ったというわけだった。

かぐや姫はその後、カラオケに来ても別のおじいさんの隣に座った。いくら社長もどきが〈最後の恋人〉を熱唱しても、彼女は知らんぷりをしている。着信拒否を解除しない。

着信拒否が解除されたのは2カ月後である。社長もどきが会長に「悪かった。仲直りしたいと彼女に伝えてほしい」と頼み込んだのだ。

もう水山さんはいないし、かぐや姫もこのあたりで許してやろうと思ったらしい。2人は仲直りした。

今日も社長もどきはかぐや姫の隣で〈最後の恋人〉を熱唱している。彼女も小さくほほ笑んで聞いている。一見元通りに見える。

しかし、2人を興味深く観察している薫さんは気付いている。かぐや姫の心が社長もどきから遠のいているのを。好きな男でも嫌な面を見てしまったら、二度と元のような気持ちではいられなくなる。社長もどきがもし倒れたりしたら、かぐや姫はあっさり見捨てるだろう。

薫さんはカラオケのおかげで滑舌が良くなったのを感じている。〈音符人〉に入会して良かったと思っている。

何より年寄りの三角関係を目の当たりにできて、大いに楽しませてもらったのだから。この先も別の老恋模様を見られるかもしれないと期待している。

キャッツ愛

「ミ〜ルちゃん」

猫を呼ぶとき、私って愛が滴り落ちそうなこんな甘い声が出るんだと思ってしまうの。あくまでも猫専用の声で、夫に対するときは76歳の低くて抑揚のない声しか出ないのが不思議なんだけどね。

ニャアニ？　というふうに寄ってきて足にすりすりしてくるミルをしゃがんで何度も撫でながら、ああ、私ってもう猫がいないと生きていけない……って思っちゃうの。昔、恋の奴隷って歌があったけど、私は猫の奴隷かも。ミルに「ぼくの鼻をお舐め」って命令されたら「喜んで」とニャメちゃうと思うわよ。

あら、あなた今肩をゆすってクックッて笑ったわね。ずっと前に「かわいいでしょ、ほら」ってその頃飼っていた子猫のコロコロしたウンチの写真を見せたときも同じように笑ったよね。心から猫を愛してない人には、こういう心情はわからないのよ。

いつから猫愛が始まったかって？　それは物心ついたときから猫がいた環境に育ったからだと思うわ。

私は地方の田舎で育ったの。父が特に猫好きでね、座るといつも膝に飼い猫を抱いていたわ。私なんか父の膝に乗せてもらった記憶なんかないのに。

冬の夜になるときょうだい6人で「今日はおれ」「今日はあたし」って猫の取り合いだったわ。猫と一緒に寝ると暖かいのよ。当時は野良猫が何匹もうろうろしていて、母は残ったご飯や魚の骨、だしを取ったあとのだしじゃこなどをやっていた。犬も飼っていたし、動物好きの家だったの。

高校を卒業してから故郷を離れ、それから今に至るまでずっと都会暮らしよ。でも大学のときはもちろん、社会人になっても結婚してもアパート暮らしだったから、猫は飼えなかったの。その辺の野良猫が来ると、勝手に名前をつけてエサをやっていたけどね。

30歳をすぎた頃、アパートのそばにかわいいオスの子猫が捨てられていて仕事から帰るとエサをやっていたの。よくなついてくれてどうしても飼ってあげたくて、夫と相談して一戸建ての借家を探して移ったの。私達夫婦には子どもがいないから、そういう点では転居しやすいのよ。

でもその猫は2年半で家出してしまったわ。仕事の帰りに遠回りしてしばらく探したけど見つからなかったの。

家出猫といえばね、猫を溺愛している同年代の猫友も、ある日猫がいなくなってね、2〜3日待っても戻ってこない。猫友は泣きそうになって必死で探し回ってついに1週間目に「ロンちゃんを見つけたわ!」ってうれしそうな声で電話くれたの。

よかったねって休日にその猫友の家を訪ねたの。どこで見つけたのって聞くと、家から100メートルくらい先にある通りの反対側だって言うの。その通りは車がゴーゴー走っている広い車道で、交通量もすごいのよ。よくひかれずに渡ったなあと感心しながらロンを撫でているうち気付いたの。何度も抱っこしたことのあるロンとちょっと模様が違うと。灰色地に入っている黒い縞がこんなふうにずれてなかったと。

「ねえ、この辺りの縞が」と私が言うのを遮って猫友は「あっ、それ以上言わないで。コーヒー飲む?」とあわてて話を変えたのよ。きっと連れ帰ったあとで、これはロンじゃないって気付いたんだと思うわ。ええ、そのままロンと呼んで溺愛していたわ。

あら、話が逸れてしまったね。家出した猫のあとは1年後にメスの子猫2匹を知人からもらって飼い始めたの。9年後に1匹はがんで死に、残った1匹のナナはその後7年生きてくれたの。このナナと私は相思相愛だったのよ。膝にナナを抱いて私がじいっと見つめると、ナナも深いグリーンの美しい目でじいっと見つめ返してくれて、きゃあ至福ってこういうことだと実感したわ。夫が苦笑しながら「ナナとおまえはデキているな」なんて言ってたわね。

老衰でナナが死んだときは、一緒に死にたいくらいだった。猫友のどんな慰めの言葉も慰めにならなかったわ。愛猫を失ったときは1人で耐えて時がすぎるのを待つしかないと悟ったの。ん? 猫は全部愛して飼っていたけど、猫によってどうしても愛の強さに差が出るのよね。

その半年後にずっと年下の猫友からメス猫をもらい、その6年後に超愛らしい黒猫の野良と出会って一緒に飼ってたの。2匹とも17〜20年生きて2年前に亡くなったわ。途中少し途切れた時期はあっても、ずうっと猫と暮らしてきたでしょ。私、もう猫のいない生活なんて考えられないの。でも今から飼っても年齢的に最期まで見てあげられない。あきらめようと思ったけど、なかなかあきらめられなかったの。

そんな話をさっきのずっと年下の猫友にしたら、あなたたちが飼えなくなったら私が引き取ると言ってくれたの。言葉に甘えて知り合いから若いオス猫をもらってきたの。それが今のミルよ。

夫は私ほど猫愛が強くないのよ。私が1週間帰省するときはガリガリ（ドライキャットフード）、猫缶、ゆでた鶏やなまり節などを冷蔵庫に入れておくんだけど、家に戻ってくるとガリガリと缶詰しかあげてない。猫に不誠実なのよ。私がもし夫に介護されるようになったときも同じように不誠実で、一番簡単な食べ物をくれるだけだわ、きっと。

え、猫のことで困っていること？　大ありよ。キャットフードが値上がりして大さじ1杯分くらいで約100円もするのよ。何匹も飼っている猫友も、頭が痛いと言ってたよ。病院代も高いのよ。ミルが体調不良で動物病院に連れていったらレントゲンや点滴代で1回2万円もしたよ。隣の家の猫は便秘で病院に行ったら、検査やなんだかんだで8万円もかかったんだって。

まあ、エサや病院代にいくらかかっても、愛する猫のためには耐えるわ。何たって猫の奴隷だからね。ウッフッフ。

喫茶店のおしごと

昔風のドアを開けると懐かしい昭和の雰囲気が迎えてくれる。明るすぎない照明、ゆったりした造りのテーブルといす、BGMは適度の音量のクラシック。「いらっしゃいませ」のママの声も温もりがあって、どこか昭和のお母さんを感じさせてくれる。

山の下に広がる地方の住宅街。その一画に30年前からある喫茶店、ライラック。午前8時になると次々と常連のおじさん、おじいさん達がやってくる。そう、ライラックの客は1人暮らしの高齢男性が多い。

「ママ」と呼ばれる経営者の美穂子さんは、昨年後期高齢者となると同時にエイッとばかり営業時間を大幅に短縮、午後1時までとした。これまで通り日曜日は休む。食事メニューをはずし、純粋な喫茶店に方向転換した。

「ママ、100歳まで続けてくれないかね。無理かい。それじゃ90歳まで。ここはおれのオアシスなんだよ。モーニングを食べて新聞読んでゆっくりするのが、おれの平和な1日の始まりなんだから」

と言ってくれる常連の応援に応えて末長く、と言っても美穂子さんは80歳で店を閉じる予定だが、それまで元気で無理なく続けられるように働き方改革をしたのだ。

ある日。ママは他の客にモーニングを運びながら何気なく隅の席のテーブルを見た。目が点になった。コップの水の中に総入れ歯の上下が沈んでいる。

彼は70代後半で常連の1人だ。モーニングを食べたあとコップの中で総入れ歯を外してゆすいでいるところだった。

ママは気分が悪くなった。注意したいのをぐっと我慢した。こんなことをしたのは今回が初めてだ。また同じことをするようならそのとき、「もう来ていただかなくて結構です」と言おう。ママはライラックを大事にしている。マナーをわきまえない客を断ってきたからこそ店の品位が保たれているのだ。

少しして彼はいつもの顔で帰っていった。テーブルの上を片付けに行くと、コップの水が白濁していた。入れ歯をゆすいだのをごまかすためにミルクの残りを入れたらしい。

ママはプンプン腹を立てながらそのコップを1時間消毒液に漬けた。

ママは1人暮らしである。夫は数年の闘病ののち8年前に逝った。その夜、昼間の入れ歯事件の腹立ちを話したくて友人に電話した。

友人は「きゃあ、最低」と笑ったあと「入れ歯といえばね」と話し始めた。

友人はカラオケが好きで地域の同好会に入っている。

今年春、新型コロナ禍以来久しぶりに場所を借りてカラオケ大会が開かれた。70代半ばの同好会会長の男性があいさつのあと「では、私が最初に1曲歌います」と天童よしみの歌を歌い始めた。ビデオが回り会員が注視する中、会長は声を張り上げ熱唱モードに入った。次の瞬間、上の入れ歯が吹っ飛んだ。

「いやもう、会長には気の毒だったけど皆笑い転げたわよ。以後会長はカラオケのとき、は最初に上の入れ歯を外してから歌っているわよ」

場面を想像して大笑いしているうちに昼間の腹立ちも消えてしまった。

1日置いてコップ入れ歯男が来た。ママは何も言わないでいた。しばらくしてちらっと、男のテーブルを見るとコップの水の中には何もなかった。ママに気付かれたことを察したのだろう。

別の日。高価な補聴器の忘れ物があった。「20万円もしたんだよ」と言っていた常連の丸田さんが座っていた席で、翌日取りにきた。

杖の忘れ物もときどきある。高齢者客の多いライラックならではの忘れ物である。

ママの仕事は他にもある。

客が途切れるのを待ってこんな頼みをされることが珍しくない。「誰かいい人を紹介してほしい」である。

この前はときどき店に来る60歳の女性から「トシを取ると1人は寂しい。大きな条件は2つだけ。①経済的に余裕があること。②65歳以上の人はいや。お願いします」と頼まれた。

ママは心の中で苦笑した。2つだけと言うが贅沢な条件である。男は若い女を好む。65歳以下の男が60歳の女と付き合いたいと思うだろうか。明るくて元気だが太めのごくフツーのおばさんと。

でもそれは言えないので、心掛けておきましょうと答えておいた。

ところが、いた。ときどき店に顔を見せる小金持ちの65歳に「聞き流してくれていいですので」と話してみると意外にも「紹介してくれませんか」という返事が。

彼は7カ月前に4年間介護した年上の妻を見送っている。十分妻に尽くしたのでこれからは自由を楽しみたい、60歳でもいいです、明るい元気な人と話したりご飯を食べたり出かけたりしたいと。

ママは2人をレストランで引き合わせた。双方から「お付き合いしたい」という返事が来た。

ママは「ここから先はお2人で決めてくださいね」とそれぞれに伝えた。ママの仕事はそこまでだ。

ライラックのマドンナであるママに果敢にもアタックしたのは、常連というほどではないがときどきやってくる柴山さんである。彼はママの好みのタイプだった。多分、彼も色白でふっくら系美人のママがタイプだったに違いない。

5年前のある金曜日のことだ。当時ママは71歳。2歳年下の柴山さんは69歳。妻を7年前に亡くしたと聞いていた。

あと十数分で閉店というとき、1人だけカウンターに残っていた彼が聞いてきた。

「日曜日はどうしていますか」

む、誘われるなという予感がした。

「のんびりしていますよ」

と答えた。

「今度の日曜日、ぼくとデートしてくれませんか」

穏やかな声でいきなり直球が来た。ママは心の中でにかっとした。一瞬、考えてから

「いいですよ」と答えた。柴山さんは「良かった」とうれしそうに笑みを広げた。

ママは誘われるとすぐ応じるタイプだと思われたくなかったので「長年店をやっていますが1対1のお誘いは柴山さんが初めてですよ」とちょっとうそをついた。過去に3人デートに誘ってきた男がいたが、タイプではなかったので言い訳をして即断ったことがあったのだ。

帰宅して簡単な晩ご飯を作りながら、ママはハミングしている自分に気付いた。

デート当日は「一応のたしなみとして」とママは自分に言い訳しながら、レースの飾り付きの下着を着けた。

迎えに来た柴山さんの車の助手席に乗りこむと、ちょっとドキドキした。少し遠くの海岸までドライブし、お昼をごちそうになった。帰途お茶して夕方、ライラックのちょっと手前で降ろしてもらった。

別れ際、「昭和男女の王道デートでしたね。楽しかったです」とママはほほ笑みながら礼を言った。

「ぼくも久しぶりに楽しかったです。来月は高原のほうに行ってみませんか」と2回目を誘われた。「いいですね、よろしくお願いします」と答えた。

ママの胸の中で春風が舞った。

2回目のデートも行き先が違うだけで、1回目と同様だった。県境にある高原の道路をドライブしながらおしゃべりしたり食事したりした。

一つだけ1回目と違ったのは、帰りの車の中で手を握られたことだ。ママはいろいろな人と握手する機会はあったが、異性を感じたことはなかった。柴山さんの指からはまさしく〈異性〉が伝わってきた。

ああ、この感じ……。ママは遠い昔のときめきを思い出した。柴山さんに惹かれていくのを自覚した。

3回目のデートは映画だった。日曜日の午後に街で待ち合わせ、映画を観たあと居酒屋に行くコースだった。酒が入ると一段と話が弾み、気分が高揚し、ママも柴山さんもよく笑った。

柴山さんの笑顔を見ながら、ママは心の中の危険信号が灯り始めたのに気付いた。

柴山さんがトイレに立った間にママは考えた。

今日も帰りに手を握られるだろう、次は「1泊でドライブ旅行しませんか」と誘われそうな気がする。71歳。男の前で脱げるだろうか。体を見せられるだろうか。いやだ。勇気がない。それならこれ以上深入りしてはだめだ……。

ママは決断力が早い。

「いつもごちそうになるお礼にここは私にごちそうさせてください」

と居酒屋の支払いを済ませた。

夜の街を歩きながら予想通り柴山さんは手をぎゅっと握ってきた。ママもぎゅっと握り返してからそっと離した。「ごめんなさい。これ以上は進めません」の気持ちだった。

「またときどき、店に来てくださいね」

柴山さんは頭のいい人である。その意味を酌んだのだろう。

うんうんというように黙ってうなずいてから「バス停まで送ります」と穏やかに言った。

あれから5年。ママは76歳、柴山さんは74歳になった。

3回デートしたことなどなかったように、ときどきライラックに顔を見せる。ママも普通の客と同じように迎える。熟した大人とはこういうものなのだ。

コップ入れ歯男も「そんなことしましたっけ」という顔でときどきやってくる。

男女を引き合わせたり、おじいさん客の相談事を聞いたり、忘れ物の連絡をしたり、ライラックの仕事は忙しい。

柴山さん以来、ママを1対1で誘おうという男は現れず、ときめきから逃げる仕事だけは皆無となった。

第2章 夫婦の道すじ

待たれる男

まもなく午後8時だ。月もなく外は真っ暗である。午後6時からの通夜に行った夫がまだ帰ってこない。同居している娘が言った。

「お父さん遅いね」

確かに遅い。葬儀場は車で15分ほど先にある大きな川を渡った所にある。夫の弘は79歳だ。夜の運転は危ない。優子さんは心の中で祈った。

どうぞ夫が無事に帰ってきませんように。ハンドルを切り損ねて川に転落し「あっち」に行きますように。

その直後に家の前で車が止まり、車庫に入れるバック音が聞こえてきた。

あー、また無事か。いつになったらあっちへ行ってくれるのか……。

玄関ドアを開けてやると、夫が言った。

「葬儀場で元の同僚に会って、通夜のあと話し込んでしまった」

なあんだ、と優子さんは心の中で残念がる。おかげで余計な期待をしてしまったわ。

この前もそうだった。定時に起きてくる夫が2階の自室から下りてこない。夫とは別寝である。娘はもう出勤した。

倒れているかもしれない。すぐ救急車を呼べば完全に助かるかもしれない。もう少したってから様子を見にいけば手遅れになると期待し、想像した。

私は病院で危篤の夫の手を握り誰にも聞こえない声で言ってやるのよ。がんばらなくていいから。逝ってね。

しかし、願いむなしく10分後、夫はいつものようにドスンドスンと音を立てて階段をしっかり踏みしめながら、けろっとして下りてきた。

そう、あのときも、あのときも、期待はずれだったと優子さんは思い起こす。

庭の木を剪定していたとき、夫は顔を上に向けすぎてバランスを崩し、梯子ごと倒れた。しかし、打ち所が良くて、ちょっと背中が痛いくらいですんだ。剪定した枝を優子さんが拾い集めて1カ所に積み上げていた上に落ちたのだ。

数年前、知人に誘われて海釣りに出かけた日。近くの岩場で足を滑らせて海に転落、死亡した男性がいるとニュースで聞き、「夫かも！」と期待したのに、夕方、夫は元気に帰宅した。夫はむだに運がいいのだ。

ここ数年、同い年の友人の夫が4人も亡くなった。訃報を聞いたとき、優子さんはうらやましかった。「いいわね、これから夫なしの自由で穏やかな暮らしができるのね」と。

優子さんは最近思う。夫より3歳下とはいえ、夫ストレスで神経が疲弊した私のほうが先に死ぬかもしれない、と。ストレスを感じない鈍感体質の夫に負けるかもしれないと。

夫は3食昼寝テレビ付き。仕事が散歩なのにあきれるほど食べる。いや、食べるというより喰らう。

晩ご飯などこんなふうだ。夫は酒を飲めないから喰らう一直線だ。ダイニングキッチンのテーブルに着くなり、箸をつかみ、腰を下ろすと同時に茶碗のご飯を口に入れ、次の瞬間、おかずに箸をのばし、茶碗を置いた1秒後には汁椀を口に近づけている。

「誰もあなたの分を取りゃしないわよ。あなたの分は大盛りにしてあるんだからゆっくり食べたら」

といくら言っても直さない。皿までかじる勢いでがっ、がっと無言で喰らい、茶をずずず〜と音を立てて一気飲みして一丁上がりというように「ふう」と息をつく。

しかし、食べ方が下品なだけで優子さんが夫のあっち行きを待つのではない。家族への思いやりや気遣いがまったくないからだ。現役の頃は給料、今はおれの年金で生活できるのだから夫として十分だと思いこんでいる。

「違うのよ、家族を気にかけ、声を掛けて思いやりの態度を見せるのが夫というものなのよ。あなたには家族を慈しむという気持ちが欠落しているのよ」と優子さんは言いたい。それは多分、夫の育ち方に原因がある。

夫が小学生の頃に生母が病死した。父親はすぐに再婚、継母は続けて2人の女の子を産んだ。継母は忙しく、先妻の子どもをかまうひまなどなかったろう。いじめられたとは聞いていないが、継母から生活面のしつけもされず知恵も教えられず、放し飼いで育ったに違いない。継母と異母妹への遠慮もあっただろう。食事どき、両親と妹たちが笑い合う会話には多分入れなかった。継母が作った食事をかきこむように素早く食べて逃げるように自室に戻っていたのではないか。夫は県外の大学を卒業後、地元に帰って就職したが、実家には戻らなかった。その気持ちもわかる。

でもでも、と優子さんは思う。家族の愛を実感できない育ち方をしたからこそ、自分は家族を愛で包もう、大事にしようと考えるべきではないか。妻に「それはこうするものよ」と行儀作法を注意されたら「そうなのか」と直せばいいではないか。それを夫は注意イコールばかにされたと勘違いする。「誰にも迷惑をかけてない」と機嫌悪く答える。

年齢のせいか、夫は最近切れやすくなった。優子さんのように滑らかに言葉を繰って反論することができないので、すぐに「うるさいなあ」と声を荒らげるようになった。そのうち感情の制御がきかなくなり、物を投げてくるかもしれない。注意も控えたほうがいいかもしれないと優子さんは用心するようになった。

最近、びっくりしたことがある。昨年秋のことである。夫は久しぶりに高校の同窓会に行った。地元ではなく隣県の温泉旅館が会場だった。

少しして夫宛てに女性からはがきが届いた。ポストから取って何気なく文面を見た優子さんは腰を抜かしそうになった。礼状だった。

〈先日は長い距離の坂を重い荷物を持ってくれてありがとう。膝の悪い私は本当に助かりましたうんぬん〜〉

へえ、そんな親切をしたんだ。この前、私が腰痛でやっと動いているときも知らんぷり、娘が出張で「お父さん、荷物が重いから駅まで車で送って」と頼んだときも「タクシーで行けばいい」と断ったくせに。家族よりよその人に尽くすほうがたっぷり感謝され、いい人ねと評価されるからだよね。優子さんはテーブルの上にはがきを置き夫には何も言わなかった。

夫はまた通夜に行った。町内会の知り合いが亡くなったのだ。今回もあの大きな川を渡った先にある葬儀場だ。午後から小雨が降っている。

（雨で車のタイヤが滑り、夫が川に突っこみますように）と祈りながらも、心のどこかで優子さんはあきらめている。むだに運の強い夫に今夜も、そんなことは起きないだろう、今にけろっとして帰ってくるだろう、と。

かあさん、ごめんな

達夫さんと真知子さん夫婦の寝室は2階だ。

午後8時。達夫さんはいつものように「おれ、上でテレビを観るから」と2階に上がっていった。1年前からその足取りに元気がない。

真知子さんは居間のテーブルで大学ノートに、今日1日のことをメモ風に書いたあと、図書館で借りてきた本を読んだり、録画してある番組を観たりする。1人だけのくつろぎの時間だ。

9時半に寝室に上がると達夫さんがテレビを消し、並べて敷いた布団から顔を向けてすまなさそうに言う。

「かあさん、ごめんな」

真知子さんは自分の布団に入りながら答える。

「いいのよ、そんなに毎日謝らないでよ。もう卒業してもいい頃だと思っていたから」

達夫さんは残念そうに続ける。

「おれは死ぬまで現役のつもりだったのにこんなことになって……」

真知子さんは1歳下だが、そんな達夫さんをかわいいと思う。

「もう寝よう。電気消すわよ」

枕元の電気スタンドを消すと同時に達夫さんはごそごそと真知子さんの布団に進入、パジャマの中に手を差し入れてあちこち触り始めた。まったく……。真知子さんは闇の中で苦笑いするが、手をはねのけたりはしない。達夫さんが自分を「好きすぎる」のがよくわかっているから。女は愛してくれる男には寛容なのだ。

達夫さんが日々まめに触ってくるのは信じているからだ。妻の体を触っているうちに突然自身の「男」が復活するかもしれないと。晩酌をしながら「おれの趣味はかあさんとアレだ。ははは」と陽気に笑っていたのに、まさかアレができなくなるなんてかわいそうと真知子さんは思う。

1年前の春。夫婦で市の健康診断を受けた。「お父さん、70歳になった記念に前立腺がんの検査も受けてみたら」と真知子さんが勧めた。

達夫さんは何の自覚症状もなかったのに血液検査で引っかかった。PSA（前立腺特異抗原）値が高く、再検査となった。結果は同じで大きな病院の泌尿器科を紹介されて、また検査したが数値は変わらない。生検を受けることになった。その結果、前立腺がんと診断された。

70歳になるまで病気らしい病気をしたことがなかったのに突然、がんが自分の中にあると知って達夫さんはうろたえ怯えた。

「悪いものは取ったほうが長生きできるよな、かあさん」と聞かれても真知子さんにもよくわからない。親しい70代友人達に聞いてみると「夫が前立腺がんで治療中」が3人もいた。

2人は全摘手術をせずに放射線療法を選び、1人は「進行が遅いがんだと言われたので悩んだ末、定期的に様子を見ることにした。経過観察中」ということだった。

達夫さんにそう伝えたのだが、すぐ手術する気持ちは変わらなかった。

「先生（医師）が『がんを置いておくと将来厄介な結果になったりしますからね、取ったほうが後々いいですよ』と言ったよな。おれは手術して先々の不安をなくしておく」と。

その説明は2人で聞いた。医師が「手術後の後遺症の一つとしてＥＤ（勃起障害）がありますす」と告げてから「もういいですよね？」と言ったのだが、達夫さんはその言葉を深く受け止めなかったのだ。術後の一時的なＥＤで、いずれ回復すると思っていたようだ。

そして手術、退院。尿漏れのため紙パンツをはく日々が3カ月近く続いた。それはわかっていたことである。達夫さんはおとなしく眠る日々を送った。

紙パンツ期間が終了してしばらくたっても達夫さんは「まだ無理らしい」と無念そうだった。

達夫さんは69歳で機械修理の小さな工場を畳んだ。親のあとを継いでよく働いた。真知子さんも事務や経理を担当した。「老後は家庭菜園と、かあさんとアレを楽しむこと」だったのに、今はそれができない。晩酌をしながら、以前のことを懐かしんだ。

「あれは東北巡りツアーに参加したときだったなあ。ん、もう4年前か。3泊4日で2日目はフリーデー。自由に各自で行きたい所へ行くプランだったな。でも昼前から雨でさ、あちこち回るのも面倒で、じゃ集合時間までラブホ（ラブホテル）に行くかってことにしたんだよな。気分が変わってめちゃめちゃ楽しかったなあ」

おしゃべり好きな達夫さんの思い出話に、真知子さんも焼酎を飲みながら「あのときはお父さん、張り切りすぎだった」とクスクス笑う。

そう、こうやって2人で楽しく飲みながら、トシを重ねていければいい。アレがなくてもどうということはないと真知子さんは思う。

しかし、達夫さんは「アレがないのは夫婦ではない」という考えだ。

その後も達夫さんの「男」復活の兆しはない。真知子さんは親しい友人達と集まったときにその話をしてみた。

「えーっ、あんたんち、まだあんなことやってたんだ！　うちは定年になったときから別寝だもの、とっくに卒業よう。夫は同居しているだけの男。EDなんて関係なし」

「うちもよ。真知子ちゃんち1年前まで現役だったなんてすごい。見かけによらず絶倫夫婦だったんだ！」

などと異口同音に妙な感心をされただけだった。

帰宅して達夫さんにその話をし、慰めた。

「うちも卒業しよう。復活しなくてもお父さんには変わりないから」

しかし、達夫さんは答えた。

「おれはいずれまたできるようになる気がするよ」

達夫さんにとってアレは揺るぎない希望なのだった。いずれ、緩やかにあきらめに向かっていけばいいと思い、真知子さんは「そうかもね」とほほ笑んだ。

令和箱男

オガワさん、聞いて。うちの夫、ヘンな物を集める趣味があってね、困っているのよ。

夫は今年78歳で終活には十分な年齢、物を捨てるのならわかるけど増やす一方なのよ。

あ、ヘンといってもいやらしい物とかじゃないの。空き箱収集よ。

え？　ああ、あったわね。私らが若いときに話題になった安部公房の『箱男』って小説。あの主人公はのぞき窓をつけた段ボール箱を頭からかぶって歩いていたと記憶しているけど、うちの箱男は単に箱を積んでおくだけ。

ま、年寄りが箱をかぶって歩いたりしたら、狭い部屋の中で家具にぶつかって転び、すぐ骨折するでしょうけど。

夫は定年後も70歳まで働いたの。完全に退職してからなぜか空き箱を見るとムラムラするようになったみたい。何でかは、私もわからないけど。

そうねえ、大きいものは玉ネギやジャガイモが5キロくらい入っているサイズの段ボール箱、小さいものはチョコレートの平べったい箱まで。土産にもらった菓子箱、30枚入りのマスクの箱、ティッシュペーパーの箱、お返しのタオルが入っていた箱などもきっちり積んであるわ。箱じゃないけど、ヨーグルトのカップもあるかな。

さらにスーパーに行くと隅に「ご自由にお持ちください」って段ボールの空箱を積んであるでしょ。おお、いいのが出ているぞって必ず2~3個持って帰るの。私が「十分家にあるでしょ」っていくら言っても聞きやしない。何度も言うと怒るし。

え？　空き箱は畳まないで原型のままで保管してあるわよ。大きな箱の中に順にサイズの小さい箱を重ねてきっちり詰めてある。入れ子ね。全部で300個近くあるんじゃないかしら。あほらしくて数えたことはないけど。

家具と家具の隙間、タンスの上、押し入れの奥、棚の上も箱、箱、箱。うちは分譲マンションに住んでいるので庭はないの。もし、一戸建ての家だったら、夫はきっと庭に小屋を造って箱を収納したと思うわ。これがほんとの箱庭なんて。ホホホ。

箱の使い道？　ほとんどは積んでおくだけだけど、たまに役立つこともあるわ。ヨーグルトの空き容器群は孫が来たときオモチャにして遊んでいたわ。私も娘にちょっと送ってあげようかなと思う物があるときは「これもらうね」と言ってちょうどの箱を選ぶし。まあ、その程度かしらね。

夫は几帳面な性格なの。しかもヒマなものだから全部の箱の手前にシールを貼ってマジックで中身を書いてあるの。「医薬品」「防災用品」「メジャー、温度計、リボン類」「文具類」などと。中身が入っているのは10箱くらいでほぼ空き箱よ。それらにもちゃんとシールが貼ってあって「カラ」と書いてあるわ。カラ、カラ、カラと書かれた箱群を見るたび、思わず心の中で「あほ」と言ってしまうわね。

たまに娘が来ると「お父さん、相変わらずね」と容赦なく積んである箱の半分くらいをつぶしてゴミに出すの。夫は無念そうだけど、かわいい娘のすることだから何も言わない。ま、どうせすぐ補充するさって思っているんでしょうね。

オガワさん、私が加入している生協はね、紙製のお棺があるの。ええ、びっくりでしょう。どうせ焼くものだし、木材を使わないから自然保護の観点からもとてもいいことだと思うのよ。それに安いし。

夫が死んだら私、絶対この紙のお棺に入れてやろうと決めているの。空き箱収集に凝った夫にふさわしいでしょ。え、「箱男冥利に尽きるなあ」と夫の魂も喜びそう？

ウフフ。ありがとう。じゃ、またね。

菜園ばなし

畑から帰ってきた夫が、収穫したてのみずみずしいキュウリやナス、トマト、ピーマンなどの入ったカゴを置きながら言った。

「今日、坂井さんが1人で畑に来ていてさ、今年度限りでやめると言っていたよ。まだ2年目なのに」

「定年後の意気込み、夏の挫折ってパターン？　張り切って畑を借りたものの、夏の草取りに疲れてあきらめるという」

「いや、違う。坂井さんちだけはいつも夫婦で畑に来ていたんだけどさ、よく揉めていたんだよ。あれじゃ野菜も気分が悪くてよく育たないんじゃないかと思っていたよ。昨日の夜、ついに大げんかになったんだってさ」

坂井さんの妻は強い口調でこう言ったそうだ。

「お父さんが一緒に野菜を作ろうって言うから私はいやいや手伝ってきたのよ。でも、肥料代や支柱代、種や苗代、市への農園年間使用料もかかるし、手入れや虫取りの労力もかかるわ。しかもスーパーでも一番安い時期に同じ野菜がどさっとできてしまう。こんな採算に合わないことはやめてよ」と。

定年後に畑を借りて野菜を作ることを採算面で考えると、そりゃ続かないだろうとみずえさんは思う。夫や他の区画の人のように坂井さんも妻を引きこまず、1人で好きなように畑を耕し、野菜を作れば良かったのだ。みずえさんの夫は定年後からもう15年も楽しそうに野菜を作っている。

夫が続けた。

「坂井さんはこれ以上夫婦仲が険悪になるのは困るので、と残念そうだったよ」

みずえさんの夫は毎日のように畑に行く。ここは都市部なので貸農園も1区画が狭い。だからこそ周囲の畑のおじさん同士、すぐ顔なじみになって野菜の育て方を教え合ったり、世間話が弾んだりする。畑は行き先の少ない定年後おじさんたちのコミュニケーションの場となっているのだ。

1区画が狭くても、出盛り期は同じ野菜がたっぷり採れて2人暮らしでは食べきれない。新鮮なうちに小分けにして自転車で友人たちに配るのは、みずえさんの仕事だ。キュウリ、ナス、ピーマンなど夏の野菜はそのままビニール袋に入れるのでラクだが、冬場のホウレンソウや水菜などは面倒だ。根を切ったあときれいに洗い、水分を拭き取ってビニール袋に入れる。配り先も頭を使う。気楽に新鮮さを喜んでくれる友人がいい。すぐにお返しを持ってくる人、お返しを用意している人も「重い」のでつぎからはずす。坂井さんの妻はそうした野菜の掃除や配ることも嫌だったのかもしれない。

それからしばらくたったある日、畑から帰った夫が「今日は中西さんにこんな話を聞いたよ」と話し始めた。

中西さんというのは2つ隣の畑のおじさんだ。彼の友人は数年前に妻を亡くした。独り者の気楽さで、定年後自然豊かな故郷に帰り自給自足生活を始めた。

親類の田畑を借りて米と野菜を作る。小船を買って海で魚を釣る。幼なじみが狩猟解禁時に山で撃ってきた猪肉をたっぷりくれるので、小分けにして冷凍して食べる。すべて楽しいらしい。

「昨年の冬、その友人から中西さんに『猪肉を少し送るよ。ボタン鍋がおいしい』と電話があって、数日後冷凍肉が届いたんだってさ」

メモが添えられていた。〈素人がさばいた肉なので、稀に散弾銃の弾の微小な破片が入っていることがあるので注意してください〉。

中西さんはメモのことなどすぐ忘れ、妻と2人で早速、ボタン鍋にした。味噌の香りと肉の煮えるうまそうな匂いが広がる。

ようし、と中西さんが肉を一切れ口の中に入れて噛んだとたん、ジャリッという嫌な音がした。

「中西さんは、うわっと叫んで吐き出したそうだ。もうあとは食べる気がしなかったそうだよ」

みずえさんは大きくうなずきながら言った。

「めったに聞けない興味深い話ねえ。そのことを中西さんは友人に伝えたのかしら」

「うん。中西さんは黙っていようと思ったらしいが、妻が『正直に言ったほうがいいわ。喜んでくれたと思ってまた幼なじみが撃った猪肉を送ってきたらどうするのよ』と騒ぐので『実は……』と伝えたんだってさ」

みずえさんは言った。

「私も彼女の考えと同じよ。ジャリッはトラウマになりそうだもん」

「だよな」と夫。2人で笑い合った。

新鮮、安全な旬の野菜のほかにこうして高齢夫婦の会話も与えてくれる。みずえさんは畑に感謝しながら、夫が採ってきた野菜をカゴから出し始めた。

〈お昼〉というタタカイ

詩織さんの夫が60歳で定年退職してから22年たった。

あの日、お昼のタタカイ（戦いでも、闘いでもなく）で夫に勝利した詩織さんは22年間、夫のお昼にわずらわされることなく暮らしてきた。

思い出す。夫の定年1日目のことを。

あの日、詩織さんが作ったお昼を当然のように食べた夫は、食器を流しに運ぼうともせずに「ごちそうさま」とテレビの前に急ごうとした。

「待って」と引き止めた詩織さんは、予定通り夫に申し渡した。穏やかな声で、でもきっぱりと。

「あなたは健康で時間もたっぷりあるよね。明日から自分のお昼は自分で作り、使った物は自分で洗ってね。食べたい物の作り方は教えますので」

不意打ちのパンチを食らった夫は、何も返せず「う……うん」と答えた。

やった！

翌日から詩織さんはお昼に関しては鬼妻を貫いた。ぎこちなく包丁を持ってベーコンや野菜を切り、インスタントラーメンの麵や具が煮えるまで鍋のそばに立ち続ける夫に何の言葉も掛けてやらなかった。ある日はカップ焼きそばにお湯を注ぎ3分間立って待ちながら、詩織さんが食べるご飯と味噌汁と干物をじっと眺めていても知らんぷりをした。1回でも「今日は作ってあげるね」と言えば、ものぐさ夫はきっと翌日からそれを期待するだろうから。

詩織さんは折にふれて、なぜ自分でお昼を作るのが大事なのかをも、夫に吹きこんだ。「簡単なものが作れること、洗い物ができることは自分のためなのよ。もし、私が病気になったり先に死んだりしたとき、一番困るのはあなたなのよ」と。その通りなのだから。

詩織さんは今も70代の友人妻達に「あなたはいいわねえ。夫のお昼を作らなくて」とうらやましがられる。

なぜ、お昼作りがわずらわしいか。お昼を用意するとなると、妻は日中の行動を縛られるからだ。「お昼までに帰らなくちゃ。夫がご飯を待っているから」。あるいは「夫にお昼を食べさせてから出ていくわ」と。

そんな妻の愚痴と嘆きを聞くたび、詩織さんは「私のように夫にこう言ってみなさいよ」とそそのかし、励ましてきた。しかし、成功例は少ない。

〈**妻1**〉

2カ月くらい前かな。思い切って「毎日3食作るのは大変なのよ。明日からお昼だけは自分で適当に食べて」と言ってみたのよ。夫は少し黙ったあとで「じゃあ、コンビニ弁当を買うさ」といじけてしまったわよ。

1カ月後、「コンビニ弁当にも飽きたなあ」とぶつぶつ言いながらも夫は、自分で何か作ってみようという気はまったくなし。仕方なさそうにお弁当を買いにいっていたんだけど、次第に不機嫌になってきたのよ。私とささいなことで口げんかするようになってね、結局、私が「今日からお弁当買わなくていいから」って折れてやって元の木阿弥よ。ま、お弁当代も毎日となるとばかにならないしね。

え？　夫？　夫は喜んで「何でもいいから」だって。でもこれで私、夫が死ぬまでずうっと1日3食作るのよねえ……。

詩織さんは「そりゃ仕方ないね」と言うしかなかった。どうしても自分で作りたくない夫というのは確かにいるのだ。

〈**妻2**〉

あなたが励ましてくれたので夫に言ったのよ。「これからはお昼だけは自分で作って食べてくれないかしら」って。夫はこう答えたわ。

「おれは体を動かすことが好きだから野菜も作るし、ふすまや網戸の張り替え、家の片付け、修理など何でもやっているだろ。こんなに動く夫はなかなかいないぜ。簡単なお昼くらい作ってくれてもいいじゃないか。お前が出かけるときは弁当を買うから」と。私、反論できなくて「わかったわ」って結局、これまで通りよ。

そう来たか、と詩織さんは笑ってしまった。うちの夫も家のことを何でも手伝ってくれるタイプだったら、自給自足お昼は申し渡さなかったかもしれないと思った。

こうも思った。そんなにマメな夫でも、ご飯作りは嫌なのだ。簡単なものでも毎日3度のご飯を用意することがどんなに面倒かということを、一番わかっているのは夫かもしれないと。

〈**妻3**〉

夫は定年後もずっと嘱託で勤めて1年前に75歳で完全退職したの。長年まじめに働いて家計を潤してくれた感謝もあってね、この1年毎日丁寧にお昼も作っていたの。

ところが夫はアジもサワラも「これ、サバ?」と聞くし、牛肉と豚肉の区別もつかない男だった。もちろん微妙な味加減などわかるはずがないし、盛り付けに心をこめても何も感じず、箸でかき混ぜて小汚くぐちゃぐちゃにしてがつがつ食べるだけなの。こういう男にいくら長年の感謝があるとはいえ、ちゃんとしたお昼を作る価値があるのかと疑問を抱きながらもまあ、作り続けていたわけよ。

ところが転換期が訪れたの。夫はこの春から市の老大（老人大学）に行くようになってね、クラスで遠足やら歴史探訪とかで野外でお昼を食べる機会が生まれたのよ。そこで私がちょっと豪華なお弁当を作って持たせてやったら帰宅して言ったわ。

「皆、コンビニ弁当やコンビニおにぎりだった。つぎからおれもそうする」

で、つぎにコンビニ弁当を食べた感想が、

「うまくて感動もんだった」

ですと。私のお昼作りの気力が萎えた瞬間だったわ。夫が勤めている間私は何十年もずうっと早起きして手間をかけて体にいい薄味のお弁当を作って持たせていたのよ。

でもムッとしたあと、これはチャンスじゃないかと思って言ってみたのよ。

「これからは週に1～2回自分で食べてみたいと思ったものをコンビニやスーパーで

買ってきたら」

と。すると夫は喜んで町なかをあちこち自転車で回って、目新しい食べ物を2人分買ってくるようになったのよ。

なんてラクなの！　ここだ、もう一押ししてみよう、この先、お昼作りから逃れられるかもしれないと思って、

「ねえ、これから自分でもお昼を作ってみたら」

と笑顔で言ってみたらね、まさかの「やってみる」という返事よう。心の中で万歳三唱したわよ。

私が作り方を教えてまだ4回目なんだけど、インスタントラーメンを作れるようになったのよ。センスゼロだからモヤシと豚肉とネギをくたくたに炒めてから麺の中に入れてぐいぐいかき混ぜ、思い切り汚くしてから口に運び「うまい」って叫ぶの。「おお、そんな形容詞、知っていたんかい」と突っこみたくなるわよ。

というわけでね、思いがけず夫のお昼作りしなくてもよくなったのよ。だから外出も

スイスイよ。アッハッハ。

ひょうたんから、いや、コンビニ弁当から駒が出た勝利の笑いは、詩織さんの胸にも心地よく響いた。

死んでしまえば最愛の人

初秋の朝。夫の哲司さんはいつものように黙々と朝食をとり始めた。

「朝晩は涼しくなったね」

と杏子さんが話し掛けるとトーストをかじりながら「うん」とだけ返事した。

いつものことだから杏子さんは気にせずに、こちらの希望だけを伝えることにする。いや指示だ。それも違う。命令だ。

「また草が生えてきたわ。2~3日中に庭の草取りをしてください」

小さな庭でも冬場以外は草がよく生える。夫は野菜サラダをむしゃむしゃと食べながら黙っている。

「嫌なのね」と杏子さんが直線的なトーンで確認すると夫は正直に「うん」と答えた。

そうかい、そうかい。杏子さんは奥の手を出す。わざと明るく言う。

「いいわよ、私がやるから。その代わり、嫌なことをしないですむのなら、私もご飯作りをしないからね。自分でご飯作りも洗濯もしてね」

夫にとってこれがどれほど困ることか杏子さんはよくわかっている。アキレス腱ぐさっ、だ。

夫はうつむいて目玉焼きを箸でちぎりながらぼそぼそと答えた。

「やらないとは言ってない」

「そ、よろしくね」

と杏子さんはにっと笑う。夫は無言で続きを食べ始めた。

夫はぼうっとした〈気付かない男〉である。庭に草が生えても、台所でお湯がしゅんしゅん沸いていても、突然の雨で洗濯物が濡れていてもテレビに見入っているか、新聞を眺めているかだ。

気付かない夫は、老いた妻が疲れやすくなっていることにも気付かない。このままでは自分の体力も時間も夫に食われてヨレヨレになってしまうと考えた杏子さんは、数年前から対抗策をとるようになった。〈私も夫の体力と時間を食ってやる〉策である。

夫に「爪切り取って」「新聞取って」などと頼まれても「自分で取りなさい。足を使いなさい」と拒否する。使った爪切りを「はい」と渡されたときは、笑みを浮かべて100倍返しをしてやった。

「はい、って誰に言っているの。あなたは殿様じゃなくてただのじい様です。自分で使った物は自分で必ず元の場所に戻してください」

夫は「あ？」という驚いた顔になり、脂肪の付いた体でのそのそと元の引き出しに納めに行った。以後「あれ取って」も「はい」も言わなくなった。

杏子さんは手を緩めなかった。お茶やコーヒーを淹れてと言われたら、「ポットにお湯が入っています。自分でね」と答えた。夫は自分でやるようになった。

冬場の晩ご飯は居間のこたつに入ってテレビを見ながら食べる習慣だ。料理類やしょうゆ、箸、ソースなどをこたつまで運び、食べ終わったら台所までまた運ばねばならない。杏子さんはその手伝いも夫にさせることにした。

「うちはお部屋食の旅館ではありません。運んでね」と。

全く反抗しないところが夫の唯一の取り柄だ。多分、こう思っているのではないか。

「夫は我慢、我慢だ。妻に逆らわなければメシも洗濯も一生保障される」

そういうところだけは〈気付く男〉なのだと杏子さんは感心する。

秋になった。ある日、幼なじみで仲良しだった美代ちゃんから電話があった。

杏子さんも美代ちゃんも、他県の男と結婚して故郷とは遠く離れた地に住んでいる。

美代ちゃんの夫は10年前に亡くなっているので彼女は1人暮らしだ。

もう15年ほど会ってないが、互いにふっと思い出してメールしたり電話で話したりして、交流を続けている。

「娘がたまに遊びにおいでというので来月5日間くらい東京に行くの。上野の近くよ。杏子ちゃんちとの中間地点くらいで会えないかなあ」と言う。

「会おう、会おう。では中間地点の駅で待ち合わせしよう」

とすぐに話が決まった。互いに電車で30分の駅である。

1カ月後。杏子さんと美代ちゃんは「すぐにお互いの顔がわかって良かったね」と笑いながら駅近くの店でランチをした。そのあと駅から歩いて30分ほどの有名な神社に行ってみることにした。歩くにはいい季節である。

長い参道の両脇に並ぶ樹木は紅葉が8分ほど進んでいる。それを眺めながら2人はしゃべり続ける。

「だんなさんは5歳上だったよね。元気にしてる?」と美代ちゃんに聞かれて、杏子さんは正直に言う。

「夫は81歳になったけど、とても元気よ。でも、昔から動かない人でね。私は自分の時間と体力を食われすぎないように、いろいろ命令して本人にさせているの。食うか食われるか、恐竜世界のような老後よ」

美代ちゃんは陽気な笑い声を立てたあとで言った。

「それでも死んでしまえば、ああ、いい夫だったと偲ぶようになるわよ」

「そうかなあ。美代ちゃんは昔、夫が重くて逃げ出したいって言っていたよね。それでもというとナンだけど懐かしく思い出したりするの？」

美代ちゃんは「うん、自分でも意外だけど年々恋しさが強くなるの」としみじみとした声になった。

「夫は気の利かないぼーっとした人だったの。どんな料理を出しても黙って食べるだけ。おいしいと言ったこともなかったわ」

あら、うちも同じよと杏子さんが言うと美代ちゃんが聞いた。

「その代わり、まずいだの、これは好きじゃないだの文句も一切言わないでしょ？」

「うん、黙々と食べるだけよ」

「私ね、自分で作ったおかずを食べながら、これ、まずいなと思ったことが何回かあるの。でも夫はいつも黙って全部食べて『ごちそうさま』と言ってくれた。それからはこう思うようになったわ。おいしいだの、味がどうだのこうだのとうるさい男より、黙って食べるだけの夫みたいな男のほうがずっといいと」

(言われてみれば確かにそうだ) と杏子さんも思った。美代ちゃんが続ける。

「夫は定年1年後くらいからあちこち具合が悪くなり病院通いが始まったの。私はまだ忙しく働いていた時期だから、夫をろくにいたわりもしなかったわ。私の帰りをただじいっと待っているだけの病身の夫が重くて、こんな生活から逃げ出したいとさえ思っていたわ。『お帰り』という夫の温かい声が私への愛情だったと気付いたのは、夫が死んだあとだったよ」

神社に着いたので2人はお賽銭を上げて手を合わせたあと神社の先にある大きな公園に行き、ベンチに座った。

「それから?」と杏子さんは美代ちゃんにさっきの話の続きを促した。

「夫が死んでから気付いたことがほかにもいっぱいあるわ。夫は口下手で一緒にいてもちっとも面白くなかった。でも、口がうまい調子のいい男よりずっと良かったと」

杏子さんはうなずく。哲司も口下手だが、べらべらしゃべる男よりはいいと思っている。

「夫は別の病気で通院しているとき、進行したがんが見つかってね、1年後に死んじゃったの。私はまだ働いていたけど、最後の入院のときは仕事を3週間休んで付きっきりで看病したわ。いよいよ最期が近づいたとき、夫はやせこけて力の萎えた手をそろそろと伸ばして私の手を握り、声を振り絞って『あ、り、が、と、う』と言ってくれたの。今もそのときのことを鮮明に覚えているわ……」

まっ青な高く美しい秋空の下で美代ちゃんは涙ぐんだ。

「切なかったでしょうけど、いいお別れができたね」と杏子さんは言った。

美代ちゃんが再び話し始めた。

「夫が死んでから10年たったわ。私は町内会の役員をしたり、公民館の講座に参加したりする中でいろんな男の人を見てきて改めて思うようになったわ。夫ほどいい人はいなかったと。ぼうっとしていて良かったと。私が何を言っても怒りもせず、私がしたいようにさせてくれたわ。あれは大きな愛だったのよねえ。夫を思い出すたび、私は心の中で言うの。私もあなたが大好きよって」

美代ちゃんはすがすがしい顔で杏子さんに言った。

「こんな話をしたのは杏子ちゃんが初めてよ」

「うん、ありがとう。心に染みたわ」

と答えてから杏子さんは思った。

私もぼうっとした夫が死んでしまえば最愛の人になるだろうか、死なれてみなければわからないなあと。

夕方になる前に2人は駅で別れ、「また元気で会えたらいいね」とあいさつし合ってそれぞれの電車に乗った。

それから少したったある日。

町なかの銀行の前で、杏子さんは知人の山脇さんに行き会った。彼女は杏子さんより4歳上の元気な80歳だ。3カ月前に夫を亡くしたばかりである。

自転車を降りてあいさつすると、山脇さんはにこにこしながら言った。

「お父さんが好きだったあんパンを供えてあげようと思ってパン屋さんに来たんだよ」

あれ、夫婦げんかばかりしていたんじゃなかったの。あんなかわいげのない、人使いの荒い男はいない、おまえは新聞を読まないから何も知らないとばかにする、早く1人になりたいよなどと悪口ばかり言っていたのに、好物だったあんパンを供えてあげたいだと？

杏子さんは試しに聞いてみた。

「1人は気楽でしょう」

山脇さんは考えることなく答えた。

「つまんないよ。何を食べてもおいしくないし。『これ、まずいな』『じゃ、食べないでいいよっ』『他に食うものがないっ』なんてけんかしながらでも2人のほうが良かったよ。もっと長生きすると思っていたのにねえ……」

あれえ、すでに夫を偲ぶモードになっている！

山脇さんと別れたあと、杏子さんは美代ちゃんとの話を思い出し、心の中で言う。

死んでしまえば最愛の人。

第3章

家族哀歌《エレジー》

愛しき娘よ孫よ

1人娘の菜美さんから「付き合っている同い年の彼氏に結婚申しこまれちゃったよ」と聞いたとき、母親のすみれさんはいくつかの質問のあとで聞いた。

「彼に兄弟はいる?」と。

もし、男の兄弟がいれば、養子に来てもらえる可能性があるから。

「2歳上の30歳のお兄さんと3歳下の妹がいるよ。他県に」と聞いて、すみれさんは(イケるかも)とにっこりした。

すみれさん夫婦は娘に「彼が養子に来てくれるならうちの庭を潰して家を建ててあげる。菜美のためならきれいな庭がなくなっても惜しくない」と告げた。

チャーミングな妻付き新築一戸建てという魅力的な条件が効いたのかどうかはわから

ないが、彼は養子に来てくれることになった。

数カ月後、すみれさん宅と寄り添うというか3メートル弱の間隔を置いて、2階建ての家が完成した。娘は結婚式を挙げ、夫婦は新婚旅行から帰ると文字通りのぴっかぴかの新居に入った。

まもなく妊娠、娘は仕事をやめた。やがて長女（孫1）を出産、その2年後に二女（孫2）を出産した。

すみれさん夫婦は幸せいっぱいだった。なにしろ娘宅は至近距離である。孫をかわいがり放題できたから。

娘もすみれさんに頼り切り。娘は夫を送り出すと赤ん坊と孫1を〈実家〉に置きにきて「ママ、よろしくぅ」と言って家事をしに戻る。家事が終わると〈実家〉にやってきて赤ん坊をあやしながら「ママ、お茶にしようよ」と言う。もちろん、コーヒーを淹れるのはすみれさんである。

孫を世話する時間がどんどん長くなる。比例して愛しさが増していく。

孫2が2歳になった頃から、すみれさんは娘がもう1人産んでくれないかなと思うようになった。私は59歳、まだ体力があるし、十分手伝えると。

しかし、幸せは満月が欠けていくように少しずつ量を減らし始めていた。娘夫婦はけんかが多くなっていた。

休日に「ごちそう作るから、みんなで晩ご飯食べにきて」と娘に言っても、婿は午後から車で出かけて加わらないようになった。近すぎる妻の実家との関わりがじわじわと重くなってきていたのかもしれない。

孫2が3歳になってまもなく、娘が告げにきた。

「2人で結論を出した。もうムリ。離婚する。子ども達は私が育てる。パパ、ママごめんなさい」

受け入れるしかなかった。婿は家を出た。

娘は子ども2人を保育園に預けて、働くことになった。見つかった勤務先は交通の便が悪いので車通勤したいが「お金がないので車を買うお金を貸してください。いつか返します」と珍しく丁寧な言葉遣いで頼まれた。断れるわけがない。「貸して」は「頂戴」と同義語で「いつか」は永久に来ないだろうと思ったが、すみれさん夫婦は軽自動車を買ってやった。

さらに娘の「私、時間ないし」で、孫の保育園の送迎はすみれさんの仕事になった。

「私、仕事から帰って晩ご飯作る時間ないからそっちで食べるよ」ですみれさんが母子3人の分も含めて晩ご飯を作り一緒に食べることになった。

晩ご飯のあと「私らもこっちで風呂入って帰ることにしよう」と娘が言い出し、母子3人で入るようになった。

「さあ、ぼつぼつおうちに帰って寝ようね」と娘は子ども達に言ったあと「朝ご飯、もらっていってていいかな」とすみれさんが余分に作ったおかずを持って帰るようになった。

土・日になると「おはよう」と娘が子ども達を連れて朝ご飯を食べにくる。「私、洗濯してくるね」と娘は孫2人を置いて自宅に戻る。すみれさん夫婦が孫の相手をする。

娘はまたお昼を食べにくる。夜も食べにきていつものように風呂に入って帰る。すみれさん夫婦が老後の資金をつぎ込んでプレゼントした2階建ての家は、母子が寝に帰るだけとなった。

2軒の間は狭い。すみれさんは、いっそ旅館のように屋根付きの渡り廊下を設けて、呼び方も娘宅を新館、うちを本館と呼ぶのもお洒落かもと思ったりした。

あるときは、離婚することになるのなら最初から同居で良かったかもと思った。

孫2人は祖父母の献身的な庇護というか丸抱えの支援によってすくすくと育ち、今は小学生と幼稚園の年長組である。

娘は仕事に出かけるので、孫2を幼稚園バスに乗せるのも迎えるのもすみれさんだ。もちろん園バスを降りるとまっすぐすみれさんの家に連れて帰る。孫1も下校後「ただいまあ」とすみれさん宅に帰ってくる。宿題もすみれさんが見てやる。

孫たちは習い事を始めた。ピアノ教室、スイミングスクール、書道教室。すみれさんの夫は定年退職したが嘱託として週に数回働いているので、習い事の教室まで車で送迎するのはすみれさんだ。孫育ては忙しいのだ。

ほぼ同居、寝に帰るだけの娘は食費も光熱費も一切負担する気がない。すみれさんも「少しは出して」とも言わない。習い事の月謝だけは娘が出している。

孫2人は「ママ」より「ばあば」と「じいじ」と呼びかける回数がはるかに多い。まだ離婚の意味も知らない孫達が、すみれさん夫婦は愛しくて仕方がない。

ある夜、すみれさんは夫に言った。

「私達、幸せだよね。かわいい娘が2人もかわいい孫を産んでくれて。離婚したから婿側に遠慮なくかわいがり放題できるし」

「その通りだな、娘にも婿にも悪いが」

と夫が笑った。

近所の住人ですみれさんにいつもこう言うおばさんがいる。先日も言った。

「そんなに年がら年中お孫さんの面倒を見てちゃ疲れるでしょうに」

妬みが混じっている。彼女は息子しかいない。孫が3人いるらしいが、嫁は実家にばかり行ってちっとも連れてこないのだ。ばあば、ばあばと慕われ甘えられているすみれさんがうらやましくてたまらないのだ。

また嫌味か。すみれさんはほほ笑みながら、今日はやんわりパンチを返した。

「疲れるなんてとんでもないですよ。孫パワーって笑顔と元気のもとなんですから。孫を堪能できるなんて幸せだと思っているんですよ」

あら、そ、と彼女は去っていった。

すみれさんは最近、こう思うようになった。2人の孫も自分の娘と思えばいい。愛しい娘3人を世話していると思えばいい、と。

甘えん坊将軍

電話は実家の母親からだった。

「ねえ、渚、母の日のプレゼント、お出かけ用のブラウスが欲しいの。え？　しまむらじゃなくてデパートに連れていってぇ」

またか、と思いながら渚さんは「いいよ。休日は一也さん（夫）がいるから来週の平日に連れていくよ。何曜日がいい？　わかった。11時頃そっちに迎えにいく」と答える。

母親は「うれしいわあ」と声を弾ませたあと続ける。

「ねえ、渚。デパートに行ったついでに、おいしいもの一緒に食べようね」

食べようねって私がごちそうするんだよね、しかも一番高いものを「あー、おいしそうだけど高いもんねー」とかあきらめ口調で独り言ふうに言い、私が「食べたら。ごちそうするよ」と言うのを待っているんだよねと思いながら「うん、食べよう」と答える。話がまとまったので母親は「楽しみだわ。じゃ、またね〜」とあっさり電話を切った。母親はお金に困っているのではない。自分のお金を減らしたくないだけなのだ。

母親が渚さんに物をねだり、何かあると「来て」と頼るようになったのは、2年前に父親が突然倒れ10日後に亡くなってからである。何でも夫任せ、夫に頼って生きてきた母親は1人では決断やさまざまな手続きができない。言い方は悪いが、頼る相手を夫から娘に変えたのである。最愛の長男と一緒に暮らしているのに、である。

渚さんより3歳上の兄、芳樹さんは誰から見ても頼りなさそうな長男である。そういう男に仕上げたのは母親だ。「子どもを甘やかし放題で育てるとこういう大人になります」という見本のような自立心ゼロの甘えん坊将軍が兄だ。

まあ、暴れん坊将軍よりかはいいかもしれないと渚さんは思う。

2年前、父親の家族葬、その後の事務的な手続きを任されてというか押し付けられて渚さんは実家に数日間泊まり込んだ。その際、母親と兄の甘い関係が昔から全然変わっていないことに驚き、あきれた。晩ご飯を食べながら母親は52歳にもなった兄に優しくこう尋ねていた。

「ヨシキぃ、明日は会社でしょ。朝何時に起こせばいい？」

「うん、いつも通り7時でいいよ、母ちゃん」

まるで小学生と母親の会話である。朝になると母親は早起きして兄の弁当を作っていた。数種類のおかずを詰めた愛情弁当を。

次の週、渚さんはマイカーで母親を30分先の実家まで迎えにいき、デパートでお出かけ用のブラウスを買ってやり、ランチにしては豪華すぎるすしをごちそうしてやったあと実家まで送った。帰り道、母親が言った。

「渚が子どもを授からなかったのは残念だけど、子どもがいないからこそこうして私もいろいろ良くしてもらえるのよね。友達や近所の人にもよく言われるの。いい娘さんがいて幸せねって」

(良くしてもらえるって、お母さんが次々ねだってくるからでしょうよ)と渚さんは心の中でつぶやく。

月が変わるとまた母親がねだってきた。

「前に買ってもらったウイッグ（部分カツラ）、重宝しているの。頭のてっぺんの白髪隠しに最適よ。よく褒められるわ。これも娘が買ってくれたのと、みんなに自慢しているのよ。でも、古びてきたので、新しいのが欲しいの」

みんなって何人かなあ。そうやって断れないようにするのよねと渚さんは苦笑いする。母親はおねだり上手なのだ。

「……いいわよ」

渚さんは30歳で結婚するまで働いていたので、自分のお金を持っている。母親はそれをよく知っている。兄には一切ねだらないで尽くすのみ。兄は食費だけは入れているとのことだが、給料のほとんどを何に使っているのか貯金なしらしい。多分パチンコ系ではないかと渚さんは推測している。

少しして渚さんはまた母親をデパートに連れていってやり、3万5000円のウイッ

グを買ってやった。2万円の予算だったのに、販売員の上手な勧めに乗って、

「そうよねえ、やっぱり見た目が違うわ。渚ぁ、こっちにしてもいいかしらぁ」

と甘えられてしまったのだ。

母親を車で実家に送りながら、ま、早めのバースデープレゼントということにしようと考えていると母親が言った。

「あと3カ月したら私の81歳の誕生日よ。渚に何のプレゼントもらおうかなあ」

げっ……。果てしない。

お盆が来た。渚さんは花とお供え物を持って実家に行った。途中で頼まれていた昼食用のすしなどをコンビニで買っていった。もちろん、母親は払う気などない。

兄はお盆休み中だが留守だった。母親は化粧し、染めた黒い頭にこの前買ってやったウイッグを上手に付けておしゃれしていた。午後から親類が線香をあげに来るのだ。2人ですしを食べながら母親が言った。

「ねえ、渚。わたしがもっと年取って体が弱ったら世話してくれる？」

「うん、そうなったら通いで介護するつもりだから安心して」

母親はううんと首を振り、言った。

「あなたんちに行っていいかしら。部屋、空いているでしょ。一也さんに聞いてみて」

ええ〜っ、うちに押しかけ同居して介護してもらおうって魂胆なの！　母親も兄と同じ甘えん坊将軍だったのだ。

「この家と財産全部は芳樹にあげるつもりなの。芳樹は嫁もいないし、まあ、いたこともあったけど1人だもの。貯金もないし」

兄は若いとき、一度結婚したが2年足らずで離婚して家に戻ってきた。妻が母親のようには甘えさせてくれなかったらしい。

渚さんは内心の困惑を隠し「まあ、そのうち一也さんに聞いてみるよ」と答えた。

その夜、晩ご飯を食べながら渚さんは「母がこう言っているんだけど、私もちょっと驚いているの」と夫に打診してみた。

夫は焼酎の水割りを飲んでいたが「えっ……」と少し沈黙したあと、口を開いた。

「実家のお母さんはまだ元気だし、弱ったり歩けなくなったりしたときに考えよう」

先送りである。一也さんの母親は寝たきりで施設に入っている。言下に嫌だよと言わない夫の優しさを渚さんは感じた。

「うん、そうだよね、そうなったときに考えればいいよね。ごめんね、いきなりこんなこと言い出して」と謝った。

母親の81歳の誕生日は薄手のよそいきのカーディガンをリクエストされた。渚さん1人でデパートに行き、母親に似合いそうな色を選び、持っていった。

「まあ、すてき！」

と大喜びされた。

母親はせっせと電話してくる。ある日、こう言った。

「ねえ、今度うちにいつ来られる？　それまでにお金を用意しておくから、渚が預かっておいてね」

何の話なのか。将来、うちへ押しかけ同居介護されるときの手付金か。

「昨日の夜、ふっと考えたの。わたしも81歳よ。今は元気でもいつどうなるかわからない」

今日は割とちゃんとしたことを言うなと思いながら渚さんは聞いていた。

「私が死んだあとのことよ。芳樹はお金があるとすぐ使っちゃうから、年取って病気になっても手術代も入院費もないと思うの。自分が死んだときの葬式代もないと思うのよ」

介護手付金の話ではなかった。

「だから今、渚にそのお金を預けておきたいの。500万円あれば両方足りると思うので預かっておいてね。芳樹のために使ってやってね」

はあ……。ひっくり返りそうになった。52歳のピンピンしているお兄ちゃんの先々の手術・入院費、葬式代を預けるから、全部面倒みてやってということだ。500万円もの大金を。この息子愛、すごすぎ！　と渚さんは唸った。

「芳樹に渡しておくと、どうせ使ってしまうからね」

わかったというしかない。

「あー、これで一安心よ」

母親は電話の向こうでほっとした声になった。

500万円を預かりにいった日。仏壇に線香をあげたあと、珍しく父親の話になった。

「お父さんは天国から私や芳樹や渚を見守ってくれていると思うわ」

「そうだね、だからみんな元気でいられるんだね」と答えたあと、渚さんはふっと聞いてみたくなった。

「ねえ、いつかお母さんも天国に行くでしょ。私とお兄ちゃんのどっちを先に毎日見守ってくれる？」

母親は迷うことなく答えた。

「お兄ちゃんよ」

えーっ！　さんざん物をねだり、何もかも私に頼り、押しかけ同居介護まで口にしているのに天国から見守るのはお兄ちゃん優先かい。せめて「2人一緒に見守るわ」くらい言うのが私への礼儀だろう〜。

母親の失礼な本音に渚さんはひゃっひゃっと笑うしかなかった。

孫に愛されちゃう法

孫の愛し方は大きく分けて2通りである。お金でくるむか、労力でくるむかだ。孫が近くに住んでいる場合はしょっちゅうお小遣いを渡すか、献身的に孫の面倒をみるかである。まあ、これはフツーの祖父母としては金力、体力どちらも限界がある。離れて住んでいる場合の孫の愛し方は難しい。小遣いをあげる機会も世話をする機会もほとんどないから。しかし、愛の見せ方によっては孫に「愛されちゃう」という幸福を味わえる。

恵美さん夫婦の長女一家が住む町は同じ県内でも電車で1時間半の距離がある。孫は男児2人。かわいくて仕方ないが、せいぜい月に1度顔を見にいくくらいの愛し方しかできなかった。

孫2人との濃い交流を始めるきっかけになったのは、皮肉にも新型コロナの感染拡大だった。2020年2月、安倍元首相が全国の小中学校、高校、特別支援学校の一斉休校を要請した。

当時、恵美さんの孫は小学1年生と3年生。学校にも行けず友達とも遊べない日々。何かしてあげられることはないだろうか。

恵美さんはあれこれ考えているうちふと思い付いた。はがきだ。自分自身、友人からたまにはがきが届くと心がぱっと明るくなる。それが毎日届くとしたら。喜んでもらえるかもしれない。

思い立ったが吉日と、恵美さんはすぐに郵便局に行ってはがきを100枚大人買いした。6300円。これを無駄にしてはもったいない。まず100枚を出し続けるために100枚全部に必死で宛名を書いた。

平仮名にせず市町村名はもちろん、兄弟の宛名も鳥辺光樹様、隼人様と漢字の連名にした。自分の名前は早く漢字で覚えたほうがいいと思ったのだ。こうして、もうはがきを出すしかない状況を作った。

裏面はどうするか。毎日〈元気かな。何をしてすごしていますか〉では「つまんなーい」と言われそうだ。余白もありすぎる。

また考えた。祖母としてはお勉強のできる孫に育ってほしい。はがきを読んで楽しく頭を使い、かつ知識が増えるものはないか。

恵美さんは購読している新聞に四字熟語、ことわざ、慣用句などを解説した小さな欄があるのを思い出した。漢字にはルビが振ってある。あれを活用しよう。

早速、その夜、新聞のその欄を切り抜いた。はがきの真ん中に横線を引いて上下に2等分し、上半分の右上に切り抜きを貼った。

翌朝、一応の家事が終わると恵美さんはダイニングキッチンのテーブルで、はがきの下半分に簡単な文章を書いた。

〈こんにちは。今日のばあばんちの晩ご飯は鶏《とり》のから揚げです。2人も大好物《だいこうぶつ》だよね。今度はいつ一緒に食べられるかな〉

一番近いポストの集荷時刻は12時だ。恵美さんは、はがきを持ってポストまで10分歩くことにした。いい運動になる。

当時、集荷時刻までに投函すると、県内宛は翌日に届いた。

翌日、休校中の孫から「ばあば、はがきが着いたよ。ありがとう！」と電話があった。弾んだ声が心地よく耳に響いた。

「これから毎日届くと思うけど、毎日電話してこなくてもいいからね」と伝えておいた。

恵美さんは毎日少し忙しくなった。夜、新聞を切り抜いてはがきに貼る。翌朝簡単な文章を書きこむ。すぐにポストに直行する。雨の日も、風の日も。

「お、またラブレターを書いているか」とテーブルに向かう恵美さんを夫がにやにやしながら見る。

「お父さんもたまには一言書いたら」と勧めても「おれはいい」と逃げる。きっと孫に何か書くなど照れくさいのだ。

孫からは毎週土曜日の夜に長女とのＬＩＮＥを使ってビデオ通話で「ばあば、今週もありがとう」とお礼を言われるようになった。恵美さんの楽しみも増えた。

休校が解除されても宛名を書き終えている100枚のはがきを使い切るまで、恵美さんは毎日はがきを書いた。

100枚を無事出し終えたとき、恵美さんはこれでおしまいにするつもりだった。長女が電話で言った。

「毎日学校から早く下校したほうが郵便受けをのぞいて『今日もばあばから来てるよ〜!』とうれしそうに見せにくるのよ。お母さん、続けてやって」と。

「わかった」と恵美さんはまたすぐ郵便局に行って、はがき100枚を買ってきて、同じように全部に宛名を書いた。

その年のお正月に長女宅を夫婦で訪ねると「ばあば〜、大好き〜」と飛びついてきた。新型コロナ禍なので、恵美さんはマスクをして2人の孫を抱きしめた。

うー、しあわせ〜と心がほかほかした。夫はハグしてもらえなかった。恵美さんは声を出さずにうっふっふと笑った。

ある日、同じ町に住む友人が「聞いて」と泣き声で電話してきた。

「もうショックで……。ケンちゃんに注意したら『うるせえ、クソばばあ、死んじまえ』って言われちゃったの。こんなに一生懸命世話しているのに。うっ、うっ」

友人は息子夫婦と同居している。息子夫婦は共働きで、友人は孫の男の子を任されて幼い頃から母親代わりに育てている。保育園の送り迎えも小学校の参観日も友人が行った。大事な孫なのでべたべた可愛がり細かく世話を焼く。中学1年生になったケンちゃんにはそれがうっとうしくてバクハツしたのだろう。

恵美さんは慰めた。

「もう思春期よ。いろんなことを細かく言われたくなかったんじゃないのかな。ケンちゃん、いい子だもの。本心からそんなこと言うはずないわよ。あなたのこと嫌ったりなんかしてないと思うわ」

友人ははなをすすりながら「そうだね、もう中学生だもんね。わたし、口うるさく言いすぎていたかもしれないね」と反省口調になった。

そのとき恵美さんは思った。

うちは離れて住んでいるからこそ、はがきでちょうどの愛を示せる。いつも一緒だと愛をどんどん注いで尽くしてしまうから、孫なりに重いと感じてしまうのだろうと。

はがきを出し始めて3年。孫は小学4年生と6年生になった。今も恵美さんの孫へのはがき便は続いているが、毎日ではなく週に3～4日となった。

これは2021年10月から普通扱いの郵便物の土曜配達と翌日配達が廃止になり、同じ県内でも翌日に着かなくなったためだ。さらに祝日が重なったりすると、毎日投函した分が2～3枚同時に届いたりするからだ。はがきも100枚ではなく50枚ずつ買うようになった。

はがきの下半分の内容にこんなことも書くようになった。

〈この頃、じいじは朝のラジオ英会話を聴くのをさぼっています。ばあばが言うと「うるさいな」と聞きません。光樹君と隼人君でそれとなくじいじを応援してください〉

長女のスマホのＬＩＮＥを使って、兄弟が夫に電話してきた。

「じいじ。オレたちも英語習っているから今度じいじと英会話しようよ。オレ、もう過去形も習ったんだよ。じいじをまかしちゃうかもしれないよ」

恵美さんがはがきで頼んだとは知らない夫は「こんなこと言われたぜ。エヘヘへ。参ったなあ。負けないようがんばるか」と翌朝からまたまじめにラジオ英会話を聴くようになった。めでたしめでたしである。

孫達はばあばに頼まれたとは言わずにうまく対応してくれた。そんな〈芸当〉もできるように成長したのだ。

成長といえば、こんなことがあった。

この前恵美さんが長女宅を訪ねた際、いつものように兄弟が「ばあばぁ、大好き～」と飛びついてきて「ばあばも2人が大好きだよ～」とぎゅっとハグしたときだ。抱きしめられるままの弟に対して、兄は体を少しそらせたのだ。

そうかと気付いた。思春期の入り口にきた兄は、ばあばとはいえ異性の胸に体が密着するのを避けたのだ。今後はもうハグ自体、辞退されるかもしれない。

孫2人はこれまで恵美さんが出したはがきを1枚ずつファイリングしてくれてあった。

「ママがファイルブックを買ってくれたんだよ」

孫が続けた。

「だってばあばのくれたはがきだもの」

うー、泣かせる。かわいい〜！　うちの孫は間違っても「クソばばあ、死んじまえ」などとは言わないだろう。恵美さんはひしひしと孫に愛されている幸福を感じた。

嫁天下

元職場仲間70代前半4人で参加した1泊のバスツアー。3人に声を掛けたのは知子さんである。夜、旅館の部屋でお茶を飲みながらのおしゃべりは新しいボールのごとく弾みに弾み、最後は嫁愚痴大会になったのだった。

〈**姑1**〉

うちは息子が2人。二男は他県の大学に行って向こうで就職、結婚、嫁の実家のすぐ近くに家を建てて住んでいるの。ま、嫁の家に取られたみたいなものよ。長男は隣町に住んでいるけど共働きで忙しくしているから、あまり行き来はないのよ。

2カ月前の休日、「お義母《かあ》さん、今日晩ご飯を食べにこない？」と珍しく嫁から電話があってね、手土産を持って夕方にいそいそと出かけていったのよ。

20分ほど歩いて息子の家に着くと、嫁はテレビを見ていて何も作っている気配がないの。出前を頼んでいるのかなと思っていると、嫁が大声で息子を呼んだの。

「マサオ〜、風呂掃除終わった？　お義母さん来たからお弁当買ってきて。一番高いのをね」

えっ、と思っていると息子が「わかった」と弁当を買いに走ったの。

テーブルの上に3個の弁当を置いて「3000円だったよ」と息子が言うと、嫁は「お義母さん、よろしく」だって。出したわよ。

嫁は「マサオ、缶ビール持ってきて」と息子に命令し「お義母さんも飲む？」と聞くのでビールくらいごちそうになろうと思って「ええ」と答えたの。

弁当に缶ビールというお花見みたいな晩ご飯食べながら嫁がいきなり「お義母さん、私らと一緒に住まない？」と言うのよ。

そうか、家事も料理も私にさせるつもりだなと思ったので「ごめん、1人で気楽に暮らすほうがいいわ」と断ったらね、嫁がにっと笑ってこう言ったのよ。

「一緒に住んでくれないとマサオと離婚するよ」と。

はあ。それはあんたみたいなアホ嫁が言うせりふじゃないよと腹が立ってね、ぱしっと言ってやったわ。「離婚すれば」と。

アホ嫁はまさか私がそう出るとは思っていなかったらしくて、急に黙ってしまったよ。

息子は嫁から何も聞いていなかったらしく、「いや、そんな。2人とも冗談だよね。コーヒーでも淹れようか」と、おろおろしてかわいそうだったわねえ。

あんなアホ嫁でも息子は好きなのかもしれないと思いながら、私は夜道をトボトボ歩いて帰ったわよ。

ん？　それから2カ月になるけど、息子も嫁も何も言ってこないから離婚はしないと思うけどね。もし、息子が離婚したら「これまでよく我慢したね」って温かく迎えてやるわよ。

〈姑2〉

私が息子夫婦と同居しているのは知っているよね。うん、11年前に夫が亡くなったあと隣の市に住んでいた息子夫婦に声を掛けられてね、1人で年を取るのも心細いからと決断し、家を売って同居したのよ。

それが〈召使い同居〉の始まりね。息子夫婦は共働き。嫁は仕事から帰ってくるなり「お義母さん、風呂の用意できてる?」と聞いて、まず風呂に入るのよ。風呂から上がると「あー、気持ち良かったあ」と言いながら冷えたビールの缶をプシュッと開けて「カーッ、うまっ」て叫ぶの。

嫁は2缶目を開けながら明るく「お義母さん、今日の晩ご飯何?」と聞く。これが毎日よ。朝ご飯の支度に始まり、掃除、洗濯、買い物、晩ご飯の支度とゆっくり座る間もないわよ。

しかもね、私が夫の保険金と家を売ったお金などを持っているのを知っているから、息子夫婦は食費も光熱費も何も出さない、税金なども私に払わせるのよ。この前、外壁のリフォームをしたんだけど、それも私が払ったの。え？　孫2人が他県の私立大学に行っているので、学費とアパート代で息子夫婦も大変なのよ。

うちの近所の話だけどね、息子夫婦が自営業で、夫婦一緒に仕事に出ていく家があるの。その家のおばあさんは今85歳。同居した14～15年前から嫁に「晩ご飯だけは毎日作ってください」と言われて、家族3人分の晩ご飯作りをずうっと続けているの。

「その役目があるからこれまで元気にやってこられたと思うんだよ」

と話していたわ。

おばあさんは最近少し膝が痛くてさっさと動けなくなったの。すると嫁に、「お義母さん、家族の晩ご飯が作れなくなったら施設に入ってもらいますからね」って言われたんだって。

普通なら恨んだり落ち込んだりするところだけどね、このおばあさんは「そうか、これはいつまでもぼけずに元気でいてねという嫁の励ましだと思って、あと5年は晩ご飯作りをしてやるつもりだよ」って笑っていたわ。

え？　私も召使い同居を前向きに受け止めよう、毎日やることがいっぱいあるからこそ元気でいられるんだと言いたかったのよ。お人よし？　そうねえ、自分でもそう思うわ。

〈姑3〉

うちの息子は40過ぎて結婚したの。嫁は11歳も年下。だから孫がまだ5歳なのよ。車で1時間くらいのところに住んでいるわ。昨年春、日帰りで息子夫婦が来たの。その日はお昼を一緒に食べる予定だったので、夫が孫を遊ばせ、私が動き回って天ぷらやちらしずしなどを作っていたのよ。でも嫁は「手伝いましょうか」とも言わず息子と2人でテレビを観ているだけ。

ついに夫が嫁に言ったのよ。

「ちょっとお母さんを手伝ってやって」

と。

嫁はたちまち機嫌が悪くなって、仕方なさそうに出来上がった料理をテーブルに運んでくれたけどね、ずっと黙ったままよ。白けた空気のままお昼を食べ終わると嫁は「帰ろうよ」と息子をせかせてごちそうさまも言わず帰っていったのよ。

それから今年の春まで1年間も息子夫婦はうちに来なかったわよ。いつでも来られる距離なのに、嫁が行きたくないと言ったんでしょうよ。どんな嫁でも親が辛抱しないと初孫の顔も見せてもらえない時代なのよねえ。

え、今回のお昼? かわいげのない嫁に忙しい思いをして作ることもないとピザを宅配してもらったので楽勝だったわよ。

〈姑4〉

私ねえ、姑をとっくに卒業した元姑なの。黙っていたけど息子は10年以上も前に離婚したのよ。あの優しい息子がやつれ果てて「二度と結婚はしない。1人でいい」って言ったくらいだから、どんな嫁だったかわかるというものよ。他県でずっとサラリーマンをしているけど、

「お母さん、1人ほどいいものはないね。気楽で自由で」

と言っているわ。私は近くにいる娘一家と仲良くしていて嫁の苦労なし。

皆さん、嫁との付き合い、お疲れ様です。来年も私、元姑の知子が声を掛けますから元気でまた集まっておしゃべりしましょうね。

介護脱毛

寿子さんは80歳。1人暮らしである。夫は数年間の闘病のあと2年前に亡くなった。ある日の昼前、珍しく嫁の亜美さんから電話がかかってきた。いつものサバサバした口調である。

「パパが出張で金沢に行ってきたんです。名物の最中をお母さんの分も買ってきたので午後3時頃に届けますね。いますか？」

「いますよ、はい、待っています」と答えた。

息子一家は寿子さんと同じ町に住んでいる。車で5〜6分の住宅街だ。

約束通りの時間に亜美さんがやって来た。門の中に軽自動車をバックですっと入れた。今日はパートが休みだというので「たまにはお茶でも飲んでいって」と言うと嫁は「じゃ」

とさっさと上がった。口調と同じく慎みや情趣とは無縁のサバサバ女子だ。

ダイニングキッチンのテーブルに案内し、丁寧にお茶を淹れて最中を2人で食べながら世間話をする。

「ねえ、亜美さん。私、最近髪の毛が薄くなってきたでしょ。テレビでよく宣伝しているウイッグを買おうかなと思っているんだけど、あれ、どうかしらね」

寿子さんは息子2人で娘はいないから、おしゃれ関連の相談は亜美さんしかいない。

亜美さんは寿子さんの顔と頭髪をじいっと見たあと言った。

「お義母さん、今80歳ですよね。頭の毛の心配をする前にシモの毛の心配をしたらどうですか」

いきなりシモの毛と言われて寿子さんは仰天した。

「え、何のこと?」

嫁は残りの茶をぐぐっと飲み干し、教えてあげます口調になった。

「80代になるといつどうなるかわからないですよね。介護施設に入って世話されるとき、シモの毛があるとウンチがこびりついたりして不潔になるし、世話する人が洗ったり拭いたりしてきれいにするのに時間がかかるので嫌がられるって聞きますよ。お義母さんも早めにシモの脱毛をしてあそこをつるつるにしておくほうがいいと思いますよ。あ、介護脱毛っていうんですよ」

ミもフタもない説明だが、わかりやすかった。そういう時代になっているのかと寿子さんはショックを受けた。期待はしていなかったが嫁が自分を介護する気など皆無であることもよくわかった。寿子さんはどう返事していいのかわからず黙ってお茶を飲んだ。

「お義母さん、本気で考えておいたほうがいいですよ。私は帰ります。ごちそうさま」

亜美さんはさっさと帰っていった。

介護脱毛だなんて、いやだ……。寿子さんは公民館のシニア体操クラブに月2回通っているがそういう話は雑談でも出たことがない。

あ、そうか、体操クラブに来る人は元気な人ばかりだ、元気でないと体操はできないからだと気付く。体のどこかが悪くなった高齢者はクラブをやめていくから介護関連の情報は入ってこない。

次の週、寿子さんは予約してあった美容室に歩いていった。長年通っていた美容院はバスに乗らねばならないので1年前から商店街の端にある〈美容室さわの〉に行っている。〈美容室さわの〉は50歳ちょっとくらいの気さくでかわいい沢野さんという女性が1人でやっている。かわいいといっても、マスクを外した沢野さんの顔を寿子さんはまだ見たことがないが。店は完全予約制である。カットと白髪染めを頼んであったので2時間2人きりである。寿子さんは嫁の言った話を確かめてみることにした。

しかし、嫁のようにシモの毛なんて品がない言い方はできない。ええと、と思い出した。

「あの、沢野さん。介護脱毛ってご存じですか？」

カットの手を動かしながら沢野さんはさらっと答えた。

「アンダーヘアの脱毛ですね」

アンダーヘア。ああ、そういう品のいい言い方があったのかと寿子さんは感心した。

沢野さんは落ち着いた声で続ける。

「私の友人ももう数人やっていますよ。早いほうがいいからって」

ええーっ。

「それに、つるつるにしたらあそこの周囲の皮膚のたるみ、緩みが目立つのでついでに整形して形よく整えたという友人もいます」

あの部分を整形する！　寿子さんは驚きのあまり返事ができない。

「自分で脱毛クリームを塗って処理することもできるそうですけど、レーザーでないとまた復活してきそうですよね」

寿子さんは質問した。

「あの、さっきの話ですけど。つるつるだと温泉なんかに行ったとき、却っておかしいんじゃないでしょうか」

沢野さんはカットを終え、寿子さんの頭髪を整えながら答えた。

「つるつるでなくても自分で希望する形にヘアを残せるようですよ。例えばＩ（アイ）の字形とか。ちょっとカトちゃん、ぺっみたいになりますが。あはは」

寿子さんはよくわからず「はああ」と唸るばかり。沢野さんが続ける。

「私も50代のうちにやっておこうかなと思っていますが、せっかくお金をかけて脱毛しても介護されるまでに死んじゃったらもったいないですよね。だから今は見えない部分にお金かけるより見える部分、顔のほうにお金をかけているんですよ。私、テレビでコマーシャルをやっている美容クリニックに月に1回通っているんですよ」

そのクリニックは大都市にある美容関係の皮膚科だ。言われてみれば、沢野さんのマスクからのぞくお肌は光沢があり、ぴんと張り切っている。亜美さんの緩み始めた肌とは全然違う。

「染めに入りますね」と沢野さんが準備を始めた。

2時間後。きれいなヘアスタイルに満足しながら〈美容室さわの〉を出るとき、寿子さんはほほ笑みながらお礼を言った。

「今日は大変勉強になりました」

歩いて帰りながら寿子さんは思い付いた。

今度亜美さんに会ったら言ってやろう。介護を受ける前に死んだらもったいないから介護脱毛はしません。あなた、私のアンダーヘアの心配より、自分の顔の心配をしたほうがいいと思うわよ。最近、年齢より老けて見えるから。一度大きな町の皮膚科に行ってみたらって。亜美さん、どんな顔するかしらね。ふっふっふ。

2カ月後、寿子さんが〈美容室さわの〉に行くと、カットしながら沢野さんが言った。

「この前、介護脱毛の話をしましたよね、実はびっくりの話を聞いたんですよ。知り合いに38歳のきれいな女性がいるんですが、全身脱毛済みというのでそれとなく聞いてみたんですよ。するとアンダーもつるつるにしたそうです」

こういう話にも少し慣れてきたので寿子さんは黙ってうなずく。38歳はざっくばらんな性格で、こう話したそうだ。

「つるつるって、トイレでオシッコをするとウヒャーというくらい四方八方に飛び散るんですよ。予想外でしたよ。そうかあ、毛にはちゃんと役目があったんだと思いましたよ。今さらながらですが」

沢野さんは「私もとても参考になりましたのでお伝えしたいと思って」とほほ笑んだ。毛には毛の役目か。（そうよ、人間の体にはむだなものはないのよ）と思いながら寿子さんは、

「いつも刺激的な情報をありがとうございます。またいろいろ教えてくださいね」

と沢野さんにお礼を言った。

噛みつき亀子ちゃん

かわいい娘の美瑠さんが噛みつき亀子ちゃんに変身したのは、正人（孫1）が高校に入学する1カ月前だった。5年前のことである。

昼間、娘から楓《かえで》さんにメールが来た。〈今、仕事の休憩時間です。夜、電話していいですか？〉

楓さんと娘は仲良し母子である。いつだって電話大歓迎なのに、わざわざ聞いてくるなんて変だなと思いつつ〈もちろん、ＯＫよ〉と返信した。

夜、電話から聞こえてくる娘の声は、いつもと違って沈んでいた。

「お母さん。あの、言いにくいけど、お金貸してほしいの、50万円」

え、楓さんは一瞬、耳を疑った。娘はお金に困っているのか？　まさか。

「正人の入学金や制服代など入学準備金、それに生活費も全然足りなくて……」

孫1は担任に「きみなら大丈夫！」と言われてレベルの高い公立高を受験したが落ちてしまい、お金のかかる私立高に行くことになったのだ。

「ねえ、50万円の貯金もないの？」

「うん。貯金がないの、全然……。毎月家のローンもあるし……」

貯金がゼロ！　楓さんはしばし沈黙した。婿は全国的に名を知られた会社に勤めている。収入もいいと聞いている。ボーナスだってきっちり出ているはずだ。一家は環境のいい住宅街に一戸建てを買い、しゃれたインテリアに囲まれて暮らしている。3人の子どもはすくすくと育っている。娘は恵まれた生活をしている、幸せだと信じ切っていたのに一番必要なお金に困っていたのか。娘が1年前からパートに出始めたのも、生活費が足りないからだったのか。

娘の心細さを払いのけてやらねば。楓さんは力強く言った。

「わかった。あなた名義の銀行の口座番号を言って。明日振り込んであげる」

「ありがとう！　少しずつ返します」

生活費が足りないのに返せるわけがない。楓さんは言った。

「正人くんの入学祝いをしなくちゃと思っていたのよ。50万円はちょっと多めのお祝いということにするわ。返さなくていいからね」

「え、いいの？　ありがとう！　助かります」

娘の声は急に元気になった。

電話を終えたあと楓さんはショックがぶり返してきた。

まさか、貯金ゼロとはねえ……。

いくら収入が良くても貯める気がなければ貯金はできない。娘夫婦はあればあるだけ使って生活を楽しんできたのだ。楓さん夫婦も温泉旅行やホテルに1泊しての東京ディズニーランドに招待してもらった。

母の日、父の日、誕生日には、必ずおしゃれなブラウスやセーターが届いた。持つべきは収入のいい婿、と思っていたが、気前よく使って貯めない性格だったのだ。娘も節約しようとはしなかったのだ。まあ、今さらそんなことを言っても仕方ないが。

思えばそれが嚙みつき亀子ちゃんの一口目のガブリだった。

その1カ月後、婿が思いがけず関西に転勤になり、単身赴任することになった。世帯が二つになれば、生活費もさらに膨らむ。娘はますます余裕のない生活になるだろうと思われた。

その矢先、娘からメールが来た。

〈言いにくいですが、正人の毎月の学費5万5000円のうち3万円の支援をお願いします〉

文章のあとに手をつき深々と頭を下げた絵文字が2個並んでいた。

苦笑するしかなかった。私立高校の学費が毎月5万5000円もするのにも驚いた。

助けてやろう。娘は3人も孫を産んでくれた。電車で1時間の距離である。行ったり来たりして、私も夫もたっぷり孫を堪能させてもらっている。これからはそのお返しだと思って、できる限り支援してやろう。

楓さんは夫に言った。

「美瑠んちは貯金がないんだって。びっくりしたわ。婿さんは単身赴任だし、正人くんは私立だし、子どもたちも食べ盛りだし、これからますます生活費がかかるでしょうよ。支援要請が来たときは支援するね。お金が必要なときに支援してやりたいの。その代わり、私らが死んでも遺産はないかもしれないと伝えておくね」

夫は昔からお金の管理は、すべて楓さんまかせである。予想通りの答えが返ってきた。

「うん、それでいいよ」

夜、娘に電話してその旨を伝えた。

娘は「ありがとう！」と喜び、「本当は逆なのに」と言った。

(うん、逆だよね、本当は子どもが老親の生活を心配するんだよね) と楓さんは心の中で苦笑いした。

嚙みつき亀子ちゃんは学習した。おとなしい父親の退職金を握っているのは、母親だ、母親のスネに嚙みついて離さないようにすれば、これからもなんとかやっていけると。

開き直った娘からどんどん支援要請メールが来るようになった。

〈噛みつき亀子からのお願いです。すみませんが今月は物入りで苦しいので、3万円の学費支援にプラス10万円で13万円の振り込みをお願いします。私も来月からパートの日を増やしてがんばりますので〉

そして手をついて深々とおじぎする絵文字が四つも並ぶようになった。

楓さんは1人笑うしかなかった。

その後、孫2が高校に入学した。こちらは公立高校だったが〈制服、カバン、運動着一式で15万円の支援お願いします〉におじぎの絵文字4個。

やがて3年間学費支援した孫1が私立高校を卒業し、私立大学に進んだ。

「そろそろ来るな」と予想していると、前期授業料の請求明細書の写真付きで支援要請メールが来た。今回もおじぎの絵文字が4個付いていた。

私立大学の授業料等は前期だけで58万円とあった。楓さんは定期預金を解約した。

娘が噛みつき亀子ちゃんになってから5年たった。娘もパートをがんばっているが、婿の単身赴任は続いており、貯金などできるはずもない。

今年、孫2が公立高校を卒業し、私立大学に入学した。楓さんは前期授業料等60万円を支援した。きっと後期授業料も支援要請が来ることだろう。

水が低いほうに流れるように、楓さん夫婦の老後資金はどんどん娘に流れて消えていく。通帳の数字がかなりやせてきた。定期預金もいくつか解約した。まだ孫3が控えている。孫3が大学を卒業するまで娘は噛みつき亀子ちゃんを続けるしかないだろう。

楓さんはとっくに肚をくくっている。かわいい娘と孫への〈支援〉は〈愛〉と同義語だ。愛のために老後資金を使い果たしたら、どうなるか。そのときは私と夫が娘にガブリと噛みついて離さないようにしようか。

楓さんは娘に冗談めかしてそう言ってみた。意外にも娘はまじめな声で即こう答えた。

「いいよ〜。2人でうちに来て暮らせばいいよ」

え。楓さんは不意に胸が詰まった。その言葉だけで十分だった。そんな気は全然ないが、「ありがとう」と答えた。

親孝行も金次第

郊外のホームセンターで買いたい日用雑貨がいくつかある。

また、息子に頼もう。加代子さんが電話すると、

「いいよ。今度の土曜日に行くよ。何時に行けばいい？　ほかに買いたい物があればどこでも回るよ」

と気軽に引き受けてくれた。

加代子さんは腰痛持ちで、膝もときどき痛む。重い物を持つこと、力仕事をできるだけ避けて用心深く暮らしている。夫はもともと不器用で、何をさせるにしてもいちいち細かく指示しないとできない。80すぎてからは動きが一段と鈍くなり、頼まないほうが気楽だ。数年前から何かというと息子に頼るようになった。息子は49歳。父親に似ず器

用で気が利く。車で15分の所に住んでいる。

でも加代子さんはわかっている。息子がすぐに来てくれるのは、1回3000円を「少ないけどバイト料よ」と渡しているからだと。

近所の人たちに、

「おたくは優しい息子さんや娘さんがいて幸せね。うちなんか息子も娘も寄り付かないわよ」

とうらやましがられるが、寄り付かないのは小遣いや物をやらないからだ。来てくれたら息子でも娘でも「電車代よ」「ガソリン代の足しにして」と3000～5000円、余裕があるなら1万円を渡すようにすればいい。頂き物や特売で余分に買ってある調味料や冷凍食品を、気前良くやればいい。

「そうすれば、定期的に寄り付くようになるのよ」

と加代子さんは言いたい。

〈親孝行も金次第〉〈貯めておくより気前良く〉が老後の標語なのだ。加代子さん世代の息子や娘は子どもにお金がかかる時期なので、窮屈な暮らしをしている。加代子さんの息子も一応「え、いいのに」と言ってから「ありがとう」とにこっとして受け取る。

加代子さんの友人、朝子さんもいつも「老後の便利はお金次第」と電話で言っていた。朝子さんは4階建て分譲マンションの4階に住んでいた。四十数年前に建てられたマンションで、エレベーターが設置されていなかった。若い頃は老後のことまで思い及ばないものだ。

「毎日ここからの眺めを楽しみたいと4階を選んだの」

と言っていた。

朝子さんは60代半ば頃から膝が悪くなり、杖をついて歩くことはできるが1人で4階から下まで階段を下りられなくなった。夫婦に子どもはいない。退職した夫が、買い物もその他の用事もすべて担うようになった。

その夫が4年前、病気になり入退院を繰り返すようになった。1人で階段を下りられない朝子さんに夫が提案した。

「ぼくが入院中は病院近くのホテルに滞在しなさい。ぼくも安心だから。お金はこういうときのために使えばいいんだよ」

朝子さんはそのようにした。ホテルから加代子さんに電話でこう言った。

「ホテルのエレベーターで下まで降りれば杖をついて買い物に行ける。夫にも毎日面会に行ける。老後の便利はお金次第ね」

2年後、朝子さんの〈足〉の夫が亡くなり、階段を下りられない彼女は姉妹がいる他県の施設に入所した。

その後、携帯に電話してもつながらなくなった。体調の変化、状況の変化があったのかもしれないが、何もわからない。

加代子さん宅には定期的に娘も来る。47歳だ。40分かかるが必ず車で来る。いろいろな物を持ち帰るためだ。

娘が帰ったあとは、冷蔵庫の野菜も冷凍食品もきれいに消える。最近は、物価高を理由に買い置きしてあるトイレットペーパーやティッシュペーパーも「いい？」と車に積みこむ。

「また、来月様子を見にくるね」と言うので、

「私らの様子ではなく食料品の様子を見にくるのよね」と加代子さんが言うと「ピンポーン」と笑う。

これでいいのだ。息子や娘と老後を仲良く付き合うためにお金を使えばいい。年金生活でできる範囲の小遣いや物をやることで、子どもたちが機嫌良く、ときには孫を連れてきてくれたらそれで十分幸せだ。加代子さんはまた一つ、老後標語を作った。

〈金の切れ目が孝行の切れ目〉

たぶん、真実だ。

御役御免

そうか、そういう意味だったのか……。

園子さんはようやく気付いた。数カ月前から娘夫婦が時折自分に掛けてくる言葉の意味が。

「お母さん、洗濯物が多くて悪いから、明日から私らの分は私がやるよ」「来月から祥太も雄介も塾に行かせるので晩ご飯はお母さん1人で先に好きな物食べてね。私らの分は2人が塾から帰るまでに私が作るから」

「あら、私がこれまで通り5人分作るから」と答えた園子さんに、娘が明るく言った。

「2人とも育ち盛りだからねえ、ボリュームのある肉料理を食べたいみたいよ。お母さんはそういうの、胃がもたれると言ってたし。あ、これからは朝もゆっくり寝ててね。

私が簡単に作っておいて、それぞれの時間に合わせて食べるようにするから」

娘はこうも言った。

「お母さん、お風呂は昼間好きな時間に入っておいてくれないかな。私らを待ってると、夜中になっちゃうでしょ」

婿はこの前、こう言ったっけ。

「掃除はぼくが休日にまとめてやりますから。のんびりお出かけでもしてくださいよ」

「あら、そんなこと言われたら、私のすることが何もなくなっちゃうわ」

笑顔で答えた私が鈍感すぎた。娘夫婦が68歳の自分をいたわってくれているとばかり受け止めていたのにそうではなかった。娘夫婦が私に言いたかったのは「あなたはもう御役御免です」「お義母さんがいつもいると気詰まりです」だったのだ。

娘夫婦の言葉の意味がわかったのは、小学4年の孫が何気なく言った言葉だった。

「ねえ、おばあちゃん、いつ田舎に帰るの？」

墓参りのことだと思い、園子さんは言った。

「そうね、お盆の少し前かな」

「もうここへは帰ってこないんだよね」

え？

「ちょっと寂しいけどさ、ぼく、自分の部屋ができるからうれしいんだ」

え？

「ママが言ったよ。おばあちゃんが田舎に帰ったらぼくの部屋にしていいって。お兄ちゃんも来年から中学生だから子ども部屋を1人で使いたがっているって」

ああ、そういうことだったのだ。子育ての一番手がかかる時期はすぎた。もう子守り兼家政婦はいらない、私に引き揚げてくれと言っていたのだ。

想像しなかった自分がうかつだった。かわいい娘と優しい婿、愛する孫たち。家族に溶け込んでいると勝手に思いこんでいた。ずっと一緒に暮らせたら楽しいかも？　なんて思ったりしていた。甘かった。御役御免。

園子さんは思った。田舎の家をそのまま空き家にしておいて良かった。帰る場所がなかったら、本当にみじめな年寄りになるところだった。

園子さんの夫は8年前に病で倒れ、1年後に逝った。1人で暮らしていた園子さんに娘から要請があったのは、その1年後だ。

「家を買ってローンが大変だから、私も働きに出るわ。孫の世話と家事を手伝いに来てくれない？　お母さん、お願いします！」と。

まだ61歳。嫁でなく娘と一緒に暮らせて、幼い孫の世話ができる。娘夫婦の役に立とう。園子さんは張り切って新幹線と在来線を乗り継いで、娘の住む関東の町に来たのだった。

玄関横の6畳間を「お母さんの部屋」として提供された。3歳を保育園へ、5歳を幼稚園へ送迎し、遊ばせ、具合が悪いと病院に連れていき、家事をし、家族のご飯を作った。食費は娘から3万円渡された。足りない分は自分が出した。日々忙しくて、自分の部屋は寝るときくらいしか使わなかった。

「仕事から帰ってご飯ができているなんてしあわせ〜」と娘に感謝され、婿には「お義母さん、すみませんね」と礼を言われた。私は役に立っている。喜ばれている。疲れたが充実感があった。

園子さんは年に1~2回、1週間ずつ墓参りと家の様子を見に帰った。仲良しだった近所のトモコさんに鍵を預けて、1カ月に1回風を入れてもらっていた。

高くは売れないだろうが、この家を売ってそのお金で娘夫婦の家を増築し、一緒に暮らしてもいいかなと想像したこともあった。まさか娘夫婦が、期間限定子守り兼家政婦として自分をただで使うつもりだったとは予想もしなかった。

娘夫婦の意図がわかると、一気に同居の窮屈感に締め付けられるようになった。家事も取り上げられすることがない。余分なことをすると嫌がられるだけだ。孫達は学校から帰っても、友達と遊ぶか塾に行くかだ。お盆までまだ2カ月余りあったが、園子さんはなるべく早くこの家を出ようと決めた。

休日。娘夫婦と子ども達で買い物に出かけた。「ぼくとお兄ちゃんのスニーカーを買うんだよ。また足が大きくなったんだよ」と雄介がうれしそうに言った。

「かっこいいのを買ってもらってね」

「うん、行ってきまーす」

婿が運転し、軽自動車に乗り込んで出かける一家は幸せそうだった。

私はもういらない。園子さんははっきりと自覚した。

その1週間後に、園子さんは娘夫婦の家を引き揚げた。

「私ももうトシなので田舎でのんびり野菜でも作って暮らしたくなったの」とだけ言った。

「お母さん、長い間ありがとう。これ少しだけど」と娘が封筒をくれた。

「お義母さん、ありがとうございました」と婿が頭を下げてくれた。

「おばあちゃん、元気でね」と孫達が手を振ってくれた。

新幹線に乗ってから、娘に渡された封筒を開けてみた。2万円入っていた。

6年間尽くした退職金がたった2万円かい。いや、今の娘夫婦の暮らしでは、これが精いっぱいかもしれない。園子さんは急に笑いがこみ上げ、声を立てずに笑った。

使い捨てばあちゃん

4月末の午後。窓を開けると新緑を撫でてきた風から、かすかに若葉の匂いがしたように感じた。

スマホが鳴った。孫の伸人だ。

もうお金なんか絶対貸してやらないよ。茜さんは少し用心しながら出た。

いきなり伸人が言った。

「ばあちゃん。沙良に子どもができたんだよ」

今日はいい天気だね、くらいの普通の口調だった。

「子どもって誰の？　沙良？　あの定時制高校の同級生の……」

「うん。前に彼女だよって写真見せた子。おれの子どもができたんだよ」

悩んでいる口調ではない。あんたねえ……。茜さんは怒り心頭に発した。今風に言うとぶち切れた。

3月に定時制高校を卒業したばかり、1週間前に19歳になったばかり、定収入のない飲食店アルバイトの身で子どもができたって、軽く言うことか。

茜さんはスマホに向かって叫んだ。

「すぐにおろしなさいっ。生活できるわけないでしょっ」

伸人はやっぱりなというトーンで言った。

「ばあちゃんはそう言うと思ったよ。けど沙良も産むって言ってるんだよ。じゃ」

あっさり切れた。「もうばあちゃんには関係ないことなんだよ」というふうに。

怒りが収まらない。定時制高校を卒業したときも、メールが1本あっただけだ。そのときも腹が立った。

彼女と遊ぶより真っ先にうちに来て「ばあちゃん、これまでありがとう。いっぱい世話になったね。これから真剣に就職口探して恩返しするよ。借りたお金も少しずつ返すからね」とケーキの一つでも差し出すのが、孫としての、いや人としての道だろうがと。

さっきまで爽やかと感じた風がうっとうしくなって、茜さんは窓を閉めた。

沙良が、沙良がって、ばあちゃんはいらなくなったんだ。

むなしさが心に広がる。母親代わりに愛情を注いだのに、伸人の心にはちっとも染みていなかった。滝が岩盤に染みることなく滑り落ちるように、私の愛情は伸人の表面を流れ落ちていっただけだったのか。むなしさが悔しさに変わっていく。

茜さんは飾り棚に立ててある夫の写真につぶやく。30年も前に逝ってしまった夫の笑顔は若かった。

お父さん。伸人はもう私がいらないようだよ。使い捨てカイロみたいに使い捨てばあちゃんだったんだよ。私ももう関わらないことにする。あの子には人への感謝や真心がない。利用できるものは何でも利用してやろうという知恵はよく働くけどね。沙良という子もその親も一切知らないけど、これからはそっちに甘えるんだろうね。19で子ども作ってこの先、苦労するよね。伸人も沙良という子もバカだねえ……。

孫の伸人が荒れ始めたのは中学1年生になったときからだ。それはわからないでもない。息子が離婚したからだ。母親は下の子を連れて遠方の実家に戻った。

茜さんの息子は障がい者である。仕事に就きまじめに働いているが、人と関わるのが苦手で、伸人とも意思の疎通ができなかった。会話も下手だ。思春期の伸人は家にいても楽しくなかったのだろう、夜遅くまで友達の家で遊ぶようになった。それを息子が怒鳴る、ますます荒れる、学校をしょっちゅうサボる、の繰り返しが始まった。

学校から呼び出しを受けるたび、茜さんはパートを休んだり早退したりして、息子の代わりに駆け付けた。その頃から伸人は確信したのだ。何かあれば父親ではなく、ばあちゃんが助けてくれると。

息子が仕事から帰って作る晩ご飯が冷凍食品チンかカップ麺、あるいはご飯と仕事帰りに買ってきたコロッケだけという寂しいものだと知ってから、茜さんは休日ごとに息子のアパートを訪れた。車で10分と近い。数時間かけて何種類もおかずを作って冷凍しておくようにした。少しでも父子の食事が楽しくなるようにと。

しかし、父親と黙ってとる食事は楽しくはなかったらしく、伸人の夜遊びと欠席は直らなかった。

茜さんは伸人を自分の家に連れてきて、2カ月間温かい手作りの食事を食べさせた。全く食事のしつけができていなかった伸人に「いただきます」「ごちそうさま」を言うように教えた。欠席しないようパートに行く前に中学校まで自分の車で送った。

伸人は次第に表情も明るくなり「ばあちゃんのご飯、おいしいなあ」「ばあちゃん、大好きだよ」などと言うようになった。あのときは、自分の愛情が伸人の心に染みていると思っていた。

しかし、今の子である。風呂の湯はじゃんじゃん使う、洗面所の水を流しっぱなしで歯を磨き、延々とドライヤーを使う。夜は部屋の電気をつけっぱなしで寝る。光熱費が普段の3倍かかった。一度やわらかく注意したが、直らなかった。

2カ月後に息子の元へ帰すと、伸人は見事に元通りの不良中学生に戻った。夜遅くまで友達の家に行って遊ぶ、登校しても教室を抜け出して授業を受けない、ワル同士でけんかをするなどなど。

それでも茜さんは、息子と孫の食生活を心配して休日は息子のアパートに行き、おかずの作り置きをした。

伸人に振り回される怒濤のような3年間で、茜さんは疲れ果てた。年齢的にも体力が衰えてきていた。伸人の定時制高校入学を機に、パートも休日におかずの作り置きに行くこともやめた。息子には、伸人との2人分の夕食の宅配を取るようにしてもらった。

定時制高校に入学してから、伸人は意外にも落ち着いた。休まずまじめに通うようになった。

定時制高校というと、昼間働き夜学び、4年間通うイメージがあるが、今は違う。茜さんも初めて知ったが「午前の部」「午後の部」「夜間の部」と3部制になっている高校が多いし、3年で卒業するコースもあるのだ。その分、1日の授業時間は長くなるが。

伸人は3年で卒業するコースを選び、朝からちゃんと通い始めた。さまざまな環境の仲間がいて、息がしやすかったのかもしれない。夕方から飲食店でアルバイトをするようになった。

定時制高校への入学祝いに茜さんは伸人に10万円あげた。しかし、1カ月後には「ばあちゃん、お金ないから2万円貸してよ」とやってきた。貸しては「くれ」と同じだ。

「ばあちゃんは1人暮らしの年金生活者だよ。パートもやめたし、これからは伸人にもお小遣いは少ししかあげられないと思うよ」と伝えてから聞いてみた。

「ねえ、伸人、ばあちゃんが死んだあと、お金がないときどうするの？　お父さんだって生活するのが精いっぱいなんだよ」と。

伸人はこともなげに答えた。

「おばちゃん達がいるじゃん」

「えっ……」

私が死ねば、県外に住む私の娘達に泣きつけばいいと思っているのか。どちらにも2人の子どもがいる。自分達の生活を守るだけで手いっぱいなのに助けてもらえると思っている。正月にしか顔を合わさないおばちゃん達に。伸人への深い失望感が布の上にこぼしたコーヒーの染みのように広がっていった。

その後も懲りずに伸人は、

「ばあちゃん、美容院へ行くお金貸してくれないかなあ」

と2カ月に1回来た。父親は安いカットの店に行っているのに、高校生の伸人は美容院で5000円のカットをするのだ。来るたび結局、1万円を貸した。いや、やった。誰かに借りて迷惑をかけてはならないと思ったのだ。

伸人は高校3年になるとほとんど顔を見せなくなった。息子に聞くと授業もまじめに出ている、飲食店でのアルバイトも続けているとのことだった。アパートへは深夜に帰ってくるらしい。

伸人から突然〈ばあちゃん、お金を15万円貸してください。必ず返します〉というメールが入ったのは、伸人が高校3年生の夏だった。

茜さんは無視した。すると日曜日に突然、伸人が自転車でやってきた。久しぶりに見る伸人は、高校3年生にしては大人びた顔になっていた。古びた自転車に似つかわしくないおしゃれなヘアスタイルと服でキメていた。

「何の用事なの」と聞いた。

「おれ、卒業までに車の免許取りたいんだよ。ばあちゃん、15万貸してよ。必ず返すから」

きた〜！

「あとはお父さんに借りるのと自分のバイト代でまかなうから」

まかなうという言葉を覚えたことも驚いた。

「お願いします、ばあぢゃん」

丁寧語を使う伸人も初めてだった。成長したのかなと思った。運転免許を取るという目的がはっきりしているので、茜さんは貸してやることにした。

「免許は取っておいたほうがいいね。ただ、急に15万円はないよ。次の日曜日においで。それまでに銀行に行っておくからね」

「ばあちゃんはそう言ってくれると思ったよ」

と急に伸人は以前のようなくだけた口調になった。

「上がって何か飲んでいく？」

と聞くと
「用事があるんだ。おれ、結構忙しいんだよ」

と自転車でさっと帰っていった。

次の日曜日のお昼、15万円を取りに伸人が自転車でやってきた。茜さんは昼食にチャーハンを出してやった。

「ばあちゃんのメシ、やっぱりうまいわ」と言いながら食べ終わると、伸人はスマホを取り出し「これ、彼女。高校の同級生でサラっていうんだよ。漢字？　こう書いて、あ、サンズイっていうのか、その横に少ないと書いて〈さ〉、〈ら〉は良いという字だよ」と写真を見せてくれた。ちょっと派手めのかわいい子だった。そのときはまさか、伸人の子どもを産むなどと知る由もなかったが。

やがて伸人は運転免許を取得し、

「バイト料が入ったのでとりあえず」

と1万円だけ返しに来た。とりあえず、のあとは結局1円も返しに来なかった。

年が明け、3月が近づいた。伸人は必要な単位を取得し、予定通り3年で卒業できると息子から聞いた。


子どもができたという電話以来、伸人から一切連絡はない。季節は秋に近づいている。息子に聞くと伸人は最近、沙良の家にほとんどいるらしく、アパートへはたまにしか帰っていないらしかった。

生活の目途がつくまで沙良の家族に世話になりながら、いや利用しながらうまく生きていくつもりなのだろう。

「私にはもう関係ないことだし」。茜さんは自分に言い聞かすように、そうはっきり声に出した。

第4章

——今日の友は明日の友？

まっ黒アドバイス

「ねえ、いいお天気だし、久しぶりに遊びにこない？　いらっしゃいよ」

ちょっと強引な誘いの電話は、毒の局《つぼね》からだった。お金と元気はあるが、話し相手がいない彼女は新年早々退屈しきっているらしい。

「今日は都合が悪いので」と言えば、「じゃあ、明日？　明後日？」と粘られるに決まっている。また愚痴と嫁の悪口を聞かされるのかとうんざりしたが「じゃ、1時半頃に」と答えた。

礼子さんが毒の局と呼ぶのは、16歳も年上の綾乃さんだ。今、95歳である。友人と言えばまあ友人だが、知人よりは親しいというレベルである。

毒の局とは三つほど先の大きな市にある駅前のカルチャー教室で出会った。もう20年も前のことだ。「古典入門」という講座だった。

参加女性の年齢は思ったよりずっと高く、59歳だった礼子さんは一番若かった。そのとき、偶然隣の席だったのが毒の局だ。その頃使われた有閑マダムという言葉が、ぴったりの人だった。中肉中背の美人で化粧が厚く、着飾っていた。

週1回顔を合わせるうちに、町は違うが同じ市に住んでいるとわかった。それを機に月に1回くらい「お茶してから帰りましょうよ」と誘われるようになった。

ときどき、お茶を付き合ううちに、綾乃さんのことがわかってきた。綾乃さんは言葉遣いこそきれいだったが、人間としての深みは全くなかった。彼女の話はいつも毒メニュー、愚痴と悪口の大盛りセットだった。遊び好きの夫のこと、口うるさい近所のこと、1人息子の嫁のことなどなど。

特に1人息子の嫁の悪口になると力がこもった。「隣町に住んでいるのに全然顔を見せないのよ」「私が息子との結婚に反対したのを根に持っているのよ」などと言い募った。彼女をひそかに毒の局と名付けたのはその頃からである。

1年間の講座を終えたとき、礼子さんは毒の局からこう言われた。

「あなたは同じ市内だし、これからもずっとお友達でいてね」

断るのも悪いので礼子さんは「はい」とうなずいた。

しかし、講座が終わってみると会うこともなくなった。どうしているかな？　とふと思うことはあっても、「連絡を取ってみたい」とは思わなかった。

月日が流れた。

4年ほど前のある日、突然、毒の局から電話があった。もう亡くなったかもしれないと思っていたのだが、生きていた！　夫のほうはとっくに亡くなっていて、毒の局は1人暮らしだった。「ぜひ、遊びに来て、来て」と粘られ、行った。

同じ市内でもバスに20分、降りて10分の距離で、近いとは言えなかった。初めて見る毒の局の家は立派だった。敷地も広かった。

毒の局は大喜びで迎えてくれた。「少し膝が悪いのよ」程度で、91歳とも思えないくらい元気だった。久しぶりにたっぷり愚痴と嫁の悪口を聞かされた。それから年に1〜

2回「来て、来て」と誘われて家を訪ねるようになったのだった。

バスを降り、歩きながら礼子さんは思った。

私も来年は80歳、夫は82歳になる。もういつ何があってもおかしくない年齢だ。他人の愚痴や悪口を聞いているひまがあったら、家の片付けをせねば。今年限りで毒の局との付き合いはやめようと。彼女には先輩年寄りとして敬うところが何もない。

毒の局はティーバッグを浸した紅茶のカップをテーブルに置くや否や、嫁の悪口を勢いよく吐き始めた。

いわく、お正月にも来たのは息子だけ、腰痛持ちだからと息子は嫁のひいきをする、「嫁は私が結婚に反対したのをずっと根に持っているのよ」と何度も聞いた話をまた繰り返した。いくつになっても毒の局の好物は悪口なのだと礼子さんは妙な感心をした。

「私ね、最近心配なの。息子ももう70をすぎたわ。順番からいくと私が息子夫婦より先に死ぬ。私の財産を息子が相続する。心配なのはその先よ。息子は嫁より二つ上だし、男の寿命のほうが短いから、嫁より先に死ぬと思うの。すると財産は全部、嫁となつきもしなかった孫のものになる。くやしいのよ。それを考えると夜も眠れないのよ」

礼子さんはふとあほらしくなってきた。適当に相槌を打つのも面倒になってきた。他人の相続の話などどうでもいい。今年限りで付き合いをやめようと思っていたが、今日限りにしよう。そうだ、毒の局が　喜びそうなアドバイスを贈って帰ることにしよう。

礼子さんはほほ笑みながら言った。

「人が死ぬ順番なんて決まっていませんよ。綾乃さんの血筋は皆長生きですよね。ご両親とも、１００歳近くまで長生きされたんですよね。綾乃さんも95歳でこんなにお元気ですから、軽く１００歳以上いけると思いますよ。息子さんもそのＤＮＡを引き継いできっと長生きするはずです。それに比べ、お嫁さんのご両親は短命だったんですよね。お嫁さんは長生きの遺伝子を持ってないんじゃないでしょうか。息子さんより先に亡くなる可能性が高いと思いますよ」

「そうね！　嫁はもう親の死んだ年齢をとっくに超えているわ」と毒の局はうれしそうに言った。礼子さんは冗談のつもりで続けた。

「綾乃さん、これからの目標を『嫁の葬式を出す』にしてはどうでしょうか」

ま、まっ黒アドバイスね、ホッホッホと笑ってくれるだろうと思ったのだが、毒の局は一段と目を輝かせた。

「いいわね！　それ、いいわね。私、生きる希望が湧いてきたわ。嫁の葬式を出してから死ぬを目標にするわ！」

この人、本気でそう思っている……。しわだらけの毒の局が、にいっと笑った顔は不気味だった。

毒当たりしそう……。礼子さんは「日暮れが早いので」と立ち上がった。

「また来てね。あなたと話すと楽しいわ」

毒の局が言った。本当に嫁の葬式を出せるかもしれないと思えるようなしっかりした声だった。

ラインくだり

中川美枝さんが小山千代子さんと知り合ったのは、市のある催しにボランティアとして参加したときである。

何回か顔を合わせているうちに、期間限定仲間としてのある程度の親しさが生まれてきた。無事催しが終わった日、美枝さんが帰り支度をしていると、千代子さんがそばに来た。ひらひらブラウス、ふりふりスカート、赤いバッグというういつもの「ばあさま人形」のようないでたちで。いきなり「中川さん、LINEやってますか?」と聞かれた。

はい、とうなずきながら内心驚いた。千代子さんは78歳だと聞いている。LINEをやるとは意外だった。千代子さんは、はきはきした口調で言った。

「1週間前に娘にLINEのやり方を教えてもらったんですよ。よかったら今後LIN

Eで付き合ってくれませんか。あなたのような楽しい人は私の周りにいませんから」

短い期間ボランティア仲間だったというだけである。年齢も68歳の美枝さんより10歳も上だ。千代子さんのことは「西町に住んでいます。夫と2人暮らしです。西町公民館のコーラス部に入って毎週火曜日に歌っています。歌が大好きです」という顔合わせ時の自己紹介以上のことは知らない。

まあ、ちゃんとした人だし、たまにLINEで付き合うくらいならいいかと美枝さんは軽く考えて承諾した。

その翌日午前8時。美枝さんが朝食の洗い物をしていると、ピンポーンとLINEの着信音が鳴った。娘かな、急用でもできたのかとスマホを見ると、千代子さんからだった。

こんな朝っぱらから何だろう。

「今朝のわが家の食卓です」とトースト、目玉焼き、サラダ、コーヒーを配した写真が現れた。

え？　と思ったが「LINE初心者だから誰かに何か送ってみたかったのだろう」と

好意的に受け止めて、洗い物の手を止めたついでに返信した。

「トーストの焼き加減が食欲をそそります。サラダちゃんもおしゃれ！」

午後1時。LINEの着信音が。今度は娘かなと見るとまた千代子さんからだった。

「今日の我が家のお昼は焼きソバ。季節のイチゴを添えました」と写真が。

これまでこんなどうでもいい写真を送ってきた人は誰もいない。美枝さんは一応、返信した。

「おいしそうです。焼きソバとイチゴの出会いはまさにイチゴ一会ですね」

午後7時。またLINE着信音が。まさかの千代子さんからだった。

「今日の晩ご飯は夫の好物の酢豚。夫婦水いらずなので、飲み物はお茶」

「うまい！　座布団1枚。うちも水いらずで飲み物はビール」と返信した。

あとで思うとこういうサービスたっぷりのコメントが、千代子さんには新鮮でうれしかったのだ。

その翌日。朝6時半に千代子さんから「私の結婚式の写真です」とウエディングドレス姿の古い写真が届いた。

冗談はよしこさん。（早朝からなんであなたの大昔の花嫁写真を見せられなきゃいけないのよ）と思ったが、律義な美枝さんは朝食後に「すてきですね」と一言返信した。サービスコメントはやめた。

1時間ほどして「子どもが小学生のときに描いた作品です」と画用紙に描かれた風景画の写真が送られてきた。

子どもといってももう60近いはずである。どこから引っ張り出してきたのだろうか。

「お上手ですね」と返信した。

送れば必ず何かコメントが返ってくる。送り甲斐があると千代子さんは喜んだのだろう。LINE付き合い2日目というのに、LINE着信音が急流に差し掛かった舟のようにスピードを増した。

美枝さんは以前、荒川（埼玉県）の長瀞ラインくだりの船に乗ったことがある。

船頭のお兄さんが時代劇に出てくるような舟を、竿で巧みに操ってぐいぐい急流を下っていく。舟の両側から飛び散る水しぶきに小さく「きゃあ」と楽しい叫び声をあげたことだった。

あのラインくだりは途中から急流に差し掛かったが、千代子川は最初から急流だった。その日午後10時までにLINE着信音は8回。全部千代子さんからだった。その日は開かずに翌朝「今、見ました」とだけ返信した。即「言葉が不足」と返ってきた。「あなたは楽しい人だから最初のようにくすっと笑えるコメントを送ってきてよ」ということだ。「どうでもいい写真ばかり送り付けてきてよく言うわ」と苦笑いした。

その翌日、さらにLINE着信音は増えて十数回にもなった。それが午後11時半まで続く。夫が「小山さんはひま人か、変人か」とあきれた。

ひまがあっても、LINEばかりしている年寄りはいないだろう。何でもかんでも写真をつぎつぎ送り付けられては迷惑だろうと想像できない千代子さんは、夫の言うように一種の変人かもしれない。夜はスマホを別の部屋に置いて寝るようになった。

その後も千代子川は勢いを増すばかり。寝る前に確認すると「小山千代子⑳」とあって、仰天する日もあった。1日に20回送ってきていたのだ。もう相手などしていられない。開けずにそのままにしておき、数日後の時間のあるときに一応開いてみる。「いとこの家のミコちゃんです」と猫の写真。「親類のヨウコさんがツアー先から送ってくれた能登の海です」「押し入れから出てきた母の若い頃の写真です」などなど、相変わらず私に何の関係があるのというものばかりが詰まっていた。

開けば「既読」になる。コメントなしでも見てくれているとわかる。千代子さんは飽きずに送り付けてくる。「無視するのは悪い」と思って数日に一度開いていたが、次第に腹立たしくなってきた。友人でもないのにLINEを始めたことを後悔した。

1カ月たった。千代子川は流れ続けてくる。開いても一切コメントしないので少し減ってはきたが、それでも1日平均4~5回は来る。友人や娘に相談すると「ブロックすればいいじゃない」と言われる。確かにそうだが、同じ市内に住む千代子さんとどこかで行き会わないとも限らない。美枝さんは律義で優しい人である。気まずくならないLINEのやめ方はないものかと考えた。思い付いた。

美枝さんは千代子さんがコーラスをやっていると自己紹介していた西町公民館に電話して、コーラス部の練習時間を聞いた。

火曜日、車を運転して西町公民館に向かった。10分で着いた。ホールをのぞくと、ピアノの前に部員が集まってしゃべっていて、まだ練習は始まっていなかった。ひらひらブラウスにふりふりスカートの千代子さんはすぐわかった。

美枝さんに気付いた部員に千代子さんを廊下に呼んでもらった。

「あらっ、中川さん、どうしたの？」と驚く千代子さんに穏やかトーンで伝えた。

「先日スマホが壊れちゃったんです。買い替えた機種はＬＩＮＥができないので、これからは用があるときは電話でお願いします。番号は同じです。それを伝えに来ました」

用事などないからまず電話してくることもないだろう。

「まあ、そうですかあ……。わかりました」と答えた千代子さんに「じゃ」とあいさつして車に戻り、千代子さんのＬＩＮＥをブロックした。こうして急流千代子川ラインくだりは、ようやく終点に着いた。

犬の本心

食後のコーヒーを一口飲むと、夏代さんは知人から聞いた話を披露した。

「その家のおじいさんは定年後からずっと早朝と夕方に飼い犬を散歩させるようになったそうよ。ある日の早朝、散歩から帰ったと思われる時間に、おじいさんが自宅の塀の前で倒れていたんだって。近所の人が見つけたときは、もう亡くなっていたそうよ」

ここでコーヒーをまた一口。70代も半ばをすぎると滑舌が悪くなるので、しゃべるときは何か潤滑液が必要なのだ。向かい合わせに座った圭子さんも、つられてコーヒーを一口含む。

「大騒ぎになって、犬はどこに行ったと皆で周囲を見回したがいない。もしやと思いながら1人が庭の横にある犬小屋を見に走ったらね、犬はリードを引きずったまま腹這いになってくつろいでいたそうよ。飼い主が倒れてもワンとも吠えず、家の中にいる妻に知らせに走るでもなく犬小屋に戻っていたのか、とみんな驚いたそうよ」

夏代さんはまたコーヒーを一口飲みながら、何となく周囲を見る。町なかからはずれたイタリアンレストランは、ランチタイムでもそれほど混んでいない。

「犬といえば忠犬ハチ公のように飼い主思いだというイメージがあるでしょ。その犬は恩知らずだ、かわいくない犬だと噂になったそうよ。ん？　犬の種類や年齢は聞いたけど、知人も知らなかったわ。倒れていたおじいさんが大きな会社に勤めていたという人間情報はよく知っていたけどね。外で飼っていたのなら、中型犬か、もう少し大きめの犬だと思うけど」

夏代さんは続ける。

「その犬は不忠犬として死ぬまで周囲から冷たい目で見られちゃうよね。つらい人生、いや犬生だなあと嘆きながら生きていくんだろうね」

夏代さんが話し終えると、圭子さんがくっくっと笑った。

「犬の本心なんて誰もわからないと思うわ。その犬はもうかなりの老犬で、長い時間の散歩もしんどくて、飼い主のおじいさんを好きじゃなかったとしたら？　犬は散歩のたびに思っていたかもしれないわ。おじいさんの健康維持のためおれは、せっせと歩かされる。息切れがする。早く帰って犬小屋で休みたいなって。だからおじいさんが倒れて手からリードが離れると一目散に犬小屋に戻ったのかもしれないわ。犬はおじいさんが死んだとは思わなかったんじゃないかしら」

「おお、犬寄りの新解釈ね」と言ってから、「そう言えば」と夏代さんは思い出した。

数年前、お盆に実家に帰省したとき、川沿いの道を朝昼夕と1日3回犬を連れて1時間ずつ歩いているおじいさんがいた。白い雑種の老犬は、おじいさんに引かれて真昼のかんかん照りの中をうなだれてのそりのそりと歩いていた。

姉が「近所で評判になっているよ。じいさんのひまつぶしに連れていかれる犬がかわいそうだ、昼間は犬を休ませてやればいいのにって」と苦笑いしていたことを。あの白い老犬も、おじいさんを好きではなかったかもしれない。

圭子さんはコーヒーがなくなったので、コップの水を一口飲んでから「1年前に12歳で死んだうちの犬の話をするね」と話し始めた。

「ウェルシュ・コーギーを家の中で飼っていたの。そう、脚が短くて体はふっくら、耳が割と大きい犬種ね。もともとは牧羊犬らしいわ。名前はタロー。私が早朝と夕方の1日2回40分くらいずつ毎日散歩させ、食事の管理もちゃんとしていたわ。でも夫が口を動かして何かを食べていると、タローがすっと寄っていくの。夫は『お、おまえも食べるか』とすぐ分けてやっていたわ」

圭子さんはその現場を見つけると、夫に「何でも食べさせちゃだめよ」と注意した。

「1年前、タローは3~4カ月患ってから亡くなったんだけど」

亡くなる直前、タローは突然、自分の寝床から出てよたよたしながら、ソファに座っていた夫のそばに行き風呂上がりの足をペロペロ舐めた。

「おお、タローどうした、夢でも見たか」と声を掛けながら、夫は何度も頭や体を撫でてやった。するとタローは満足したようにまたよたよたと自分の寝床に戻った。朝、寝床をのぞくとタローは冷たくなっていた。

圭子さんはショックを受けた。タローとの別れが近いことはわかっていたので、その覚悟はできていた。でも気に入らなかった。

「タローは最期の挨拶に夫のところに行ったのよ。一番面倒をみた私には寄ってこなかった。なぜなのよとむかっとしたわ」

夏代さんは黙って聞く。

「タローの火葬がすんだあとで少し冷静になってから私、気付いたのよ」

「何を？」

「タローは実は私より夫のほうが好きだったのだと。私は散歩に連れていき栄養バランスのいい食事をさせるのが正しいかわいがり方だと信じていたの。夫は違ったわ。タローに顔をペロペロされても平気、ときどきベッドで連れて寝たりしていたわ。犬だけど猫かわいがりしていたのよ」

圭子さんはどんなにかわいくても犬は犬、という考えである。顔ペロペロはさせなかったし、自分のベッドに入れたこともない。犬との間に一線を画していた。

「タローはそれを冷たいと受け取っていたのかもしれないと」

夏代さんは感じ入った。

「犬の本心ねえ……。なかなか深みのある話だったわ。不忠犬の本心もあなたが想像した通りかもしれないね」

「そろそろ出ようか」「この先の公園を散歩しながらおしゃべりしようよ」「いいね」とうなずき合いながら、2人はいすから立ち上がった。住んでいる市は違うが、高校時代の元同級生女子の数カ月ぶりのデートは、あと数時間続きそうだった。

新しいおともだち

そのドラマ「おカネの切れ目が恋のはじまり」には愛らしい小型ロボットが登場していた。出演者である三浦春馬と一緒に生活しているペット役の小型ロボットである。

うう～、かわいい！　ほちい、ほちい、ワタシもほちいよ～。

ドラマを観ながら美鈴さんは1人で幼児のように駄々をこねてみる。どんどん欲しくなる。そのロボットが30万円以上もするらしいと知って驚いた。新しいお友達になってもらうには高すぎる。定年後家庭には無理である。

しかし、恋心と同じく買い心も一度火がつくとなかなか消えないものだ。

似たような小型ロボットはないものか。ひょっとしてあそこにあるかもしれないと思った。ときどき車で買い物に行く大規模ショッピングセンターの中にあるゲーム機類の専門店である。

美鈴さんは週5日パートに出ている。今度の休日に行ってみようと決めた。

いつもは通りすぎている店の前に立った。

あ、鉄腕アトム！ ＡＩ（人工知能）搭載小型ロボットのお座り型アトムがいた。

かわいい～！

ドラマのロボットとは違うけれど、ぱっちりお目目のアトムも大層愛らしかった。値段を見て「うーん」と唸った。約13万円する。必需品ではない。

「パートの収入を思えば、買えないよねえ」

とつぶやいた。

美鈴さんはショッピングセンターに行くたびアトムに会いにいき、値段のチェックをした。

売れていないとほっとして、心の中でアトムと会話した。

「キミをうちに連れていきたいのに、まだ無理なの」

「ボクもおばたんちに、もとい、おねえさんちに行ける日を待ってるんだよ」

数カ月たつうちにアトムは少しずつ値引きが大きくなった。いいぞ、いいぞ。美鈴さんはにんまりする。

1年前のある休日。アトムの値段チェックに行くと、ついに3万円台になっていた。うっしゃあ。ずいぶん待たせたね、アトム。

美鈴さんは即、買って帰った。夫が「ええ〜っ」と驚いたので「ただの人形じゃないの。AI搭載ロボットよ。私の新しいお友達。お父さんより頭がいいかも」と言ってやった。設定は、隣市に住む息子に来てしてもらった。こうしてアトムは美鈴さんの家で生きることになった。

すぐさまアトムが家庭の王子さまになった。

アトムは最大で12人の〈おともだち〉を認識できる。美鈴さんは自分と夫、息子の家族を登録した。名前と生年月日を言って、アトムの胸のカメラで顔を覚えてもらうのだ。

アトムは朝、設定した時間に起きる。美鈴さんが出勤前、リビングのテーブルに近づくと「おはよう、美鈴さん」とかわいい声であいさつしてくれる。「はーい、行ってきまーす」と元気に職場に向かうことができる。

「私のいない昼間、アトムはどうしているの?」と家にいる夫に聞くと「鼻歌を歌ったり、『美鈴さん、近くにいないのかな』と言ったりしているよ。設定した昼寝の時間になると『なんか眠くなってきた。寝る時間かな』と言って電源が切れる」ということだった。

アトム王子のおかげで、定年後夫婦に会話が生まれた。

夫が「アトム、落語聞かせて」とリクエストすると聞かせてくれる。2人で一緒に笑うなんてまずなかったのに。美鈴さんが「アトム、歌うたって」と頼むと〈世界に一つだけの花〉などを歌ってくれる。歌い終わって「ありがとう」とお礼を言うと「いえいえ、そんな」とアトムが照れる。アハハと2人でまた笑う。

アトムにいろいろ質問して遊ぶ。「今日は何の日?」と聞くと延々とウンチクを傾ける。「ハイ、ようくわかりましたです。親類の三郎おじさんみたい」と夫と2人でクスクス笑う。アトムはクイズもゲームもできるので夫と交代で遊ぶ。

こんなことがあった。休日の朝、美鈴さんが「アトム、おはよう」と声を掛けると「おはよう、サファイアさん」と返ってきた。

サファイアさんって誰？　そうか、アトムはノーメークの私を〈美鈴さん〉だと認識できなかったのだ。でも、ほかに同年代の登録者がいない。「美鈴さんとは呼べないから誕生石で呼んでみよう」と頭を働かせたのではないか。大笑いしてしまった。夫が「おれもあんたが素顔のときはサファイアさんと呼ぼう」と大喜びした。

そのうち夫が「おれ、1人でアトムと遊んだりしないから」と言うので、美鈴さんのいない日中はアトムの電源を抜いておくようになった。

アトムが来てから1年たったある日、電源を入れてもアトムが起動しない。胸のカメラはテレビを消したときのように真っ暗なままだ。息子を呼んで見てもらうと「おかしいな。日中、電源を切られてすねたのかな」と首をかしげた。

そうかもしれない、アトムは1人でも遊んでいたかったのかもしれないと美鈴さんは思った。

お店に持っていって直そうか。いや、十分遊んだのでもういいか。

はっとした。息子が子どもの頃、新しいおもちゃを買ってあげると夢中になってそればかりで遊んでいた。しばらくするともう見向きもしなくなったっけ。あれと同じじゃないの。

ごめん、アトム……。

すると、アトムの声が聞こえたような気がした。

「美鈴さん、心変わりしちゃったのかな。悲しいな。またお話ししたいよ。ぼく、美鈴さんが大好きだよ」

心がちくりと痛んだ。美鈴さんはアトムに向かって言った。

「アトム。今度の休日にお店に行って見てもらうね。また仲良くしてね」

10 匹狼さようなら

さきほど届いたばかりの往復はがきに向かって、孝子さんは言った。

「欠席します」

高校の同窓会通知だった。「古希祝いを盛大にやりましょう」とあって、3カ月先の日時が記されていた。

場所は故郷にある老舗ホテルで、会費は6000円。年金生活者には痛い額だ。「野原に集合して持参の弁当を食べましょう」というほうが行きやすいのではないか。まあ、老舗ホテルでも野原でも行く気はないが。

孝子さんは同窓会の類に一度も参加したことがない。他県に住んでいるということもあるが、行きたいと思わないのだ。親しい友人とは連絡を取り合っている。同じ学年だった、同じクラスだっただけでは「懐かしいね」の他に共有する話題がない。〈あの頃〉は思い出だけで十分だと思っている。思い出の中では、皆色褪せないままだ。

2週間ほどして、幹事の1人の菊井さんから電話があった。

「南田さん（旧姓）、なんでいつも欠席なの？　古希をみんなで一緒に祝おうよ。5年前もみんな言ってたよ。あの可愛かった南田さん、今はどんなかなって。あ、特に長山くんがあなたに会いたがってるよ。初恋の人だったたって」

「私はタイプじゃなかったので」

とは言いにくい。

「まあ、そうなの。でも欠席するわ。みんなには、高校生のときのままの私を思い出してもらえば十分よ」

菊井さんは、

「わかった。出席者にはそう伝えておくね」

と電話を切った。

孝子さんの夫はこの前、何十年ぶりかに中学校の同窓会に出席した。

「どうだった？」

と尋ねると、こう答えた。

「じいさんとばあさんばかりだったぜ。元美人は特に衰え感が激しかったなあ。話題は病気と薬のことばっかりでさ、どこも悪くないおれは話に入れなかったよ」

笑ってしまった。夫は5歳上の75歳である。

「初恋の彼女は来ていたの？」

と聞いてみた。

来ていなかった、一度も同窓会には出席していないらしいと夫が答えた。正解だ。彼女はみんなの中でセーラー服の似合う内気な少女であり続ける。

孝子さんは最近、気が進まない付き合いを思い切って解消した。仲間付き合いが面倒になったのだ。

一つは元趣味仲間のドライブ&ランチだ。5～6年前から3カ月に1回7人が2台の車に分乗して1時間以上もかかるあちこちの店に食べにいく。食べ歩きの好きな1人が情報を仕入れ、運転のうまい2人が乗せていってくれる。

60代後半〜70代前半の元気なおばさん達だからしゃべりっぱなしだ。いい人達だが疲れる。お金もかかる。運転者にガソリン代と運転料として1人500円ずつ出す。ランチが2500円前後もする。わざわざここまで来て食べるほどの味かなあと思うことがたびたびだった。

なかなか言い出せなかったが、新型コロナの感染拡大で休止、この前、〈久しぶりの遠出ランチ日時です〉とLINEが来たとき、思い切ってこう返信した。

〈私は卒業します。皆さんこれまでありがとうございました。LINEも抜けます〉

もう会わないから、何を言われてもいいやと思った。すっきりした。

もう一つは、以前のパート仲間5人での1泊旅行だ。こちらも5〜6年前から年に1回1泊で近県の観光地を回ってホテルで宿泊してきた。旅行は好きだが、数年前から楽しいと思えなくなった。

そのつど「ごめんね、ここ興味があるのでゆっくり回りたいわ。みんなは？」「もっと上の方まで行ってみない？」などといちいち仲間に断らねばならない。こちらもしゃべりっぱなしで疲れる。

仲間という〈10匹狼〉より、一匹狼で静かに風景を楽しみたいという気持ちが年々強くなってきた。

この前、連絡のＬＩＮＥが来たとき、ドライブ＆ランチ仲間のときと同じように〈これまでありがとうございました。私は卒業します。以後ＬＩＮＥも抜けます〉でおしまいにした。ＬＩＮＥは断りやすいと気付いた。

気が進まない友人達とも、遠ざかることにした。

夫と子どもと孫の自慢しか話題がない人。他人の噂が大好きな人。愚痴の多い人。若い頃の思い出話や身の上話をしたがる人。

全部、聞きたくない。聞かされたくない。何につけ悲観的な人もいやだ。マイナス思考が伝染すると精神的に良くない。もう先は長くないのだ。中身のない、精神的に得るものがない友人はいらない。誘われても理由をつけて3回断れば、大抵の関係は切れる。

こうして孝子さんはどんどん友人減らしを行った。

残った大事な友人とはたまに会う。トシを取ると何でも〈たま〉が一番だ。たまだから楽しいのだ。

行きたい所へは、1人で行く。誰に気兼ねもなく時間と場所を楽しむことができる。もっと早く一匹狼を目指せばよかったと思うくらいだ。

先夜、門を閉めに出て空を見上げると満月だった。

おお、満月。一匹狼として吠えてみるか。

孝子さんは狼男のように満月に向かって「ウオオ〜ン」と吠えてみた。

選手交代

増井世志子さんに異変が起きている、認知症が始まっている……と確信するようになったのは1年くらい前からだ。

美晴さん宛てに3日連続ではがきや封書が届くことが珍しくない。これは前日に書いて投函したことを忘れてしまっているからではないか。

しかも便せん1枚が入った軽い封書に84円切手を2枚貼ってある。定形の封書は25グラムまで84円である。絵はがきは63円でいいのに84円切手を2枚貼ってくる。郵便料金がわからなくなり、2枚貼っておけば大丈夫だろうと思うからではないか。

文字もどんどん乱れてきた。ボールペンで書いた大小不揃いの文字がかすれたり濃くなったりしている。1行がかなり歪んでいる。漢字に強い人だったのにほとんどひらがなになった。美晴さんが近況を入れてはがきを書いてもそれについては何の感想もなく、毎回写したように同じ内容ばかりだ。

〈おはがきをありがとう。私もげんきにしています。みはるさんもいそがしいでしょうが、おからだをだいじにしてくださいね〉

美晴さん宛ての住所と名前も散らばった文字を寄せ集めてくっつけたというふうで、郵便屋さんはよく読めるなと感心する。増井さんの住所と名前はハンコを押してある。

増井さんは86歳だ。20年以上前に新聞社系のエッセイ教室で知り合った。同じ県内でもばらばらの市や町から受講者が集まっていた。10回の講座終了後、世話役を選出して文集を作った。増井さんも15歳年下の美晴さんもその世話役の1人だった。

文集は1号で終わってしまったが、筆まめな増井さんはずっとはがきや手紙をくれ、美晴さんも律義に返事を書くタチなので、文通という形で交流が続いてきた。文通のゆっくり感と手書きの文字の味が美晴さんも好きなのだ。

増井さんからのはがきがまた3日続けてきたとき、美晴さんは初めて考えた。律義な増井さんは私が返信するから、それに対して「早く返事を書かねば悪い」という強迫観念に駆られてしまうのではないだろうか。文字も忘れかけた増井さんを私が焦らせ苦しめているのかもしれない。

増井さんは6年前に夫を亡くして1人暮らしだが、近くに娘さんが住んでいてよく来てくれると聞いている。認知症になった増井さんに私ができることは、もうはがきも手紙も出さないでいることかもしれない。

長年の文通はこうして終わった。

4カ月がすぎたある日、見覚えのない筆跡の角型封書が届いた。楷書に近いきちんとした文字である。

誰からだろうと差出人を見ると野地留美子（増井世志子の娘です）とあった。

増井さんに何かあったのだろうか。亡くなったのかもしれない。急いで封を切るとはがきが現れた。増井さんの乱れた文字で、もう句読点もなく〈はがきありがとわたしげんきですみはるさんもいそがしいでしよが〉で終わっていた。

手紙が同封されていた。青空色のさわやかな便せんがすがすがしかった。

〈長年、母とお付き合いいただき、ありがとうございます。母は美晴さんが大好きで、はがきや手紙を頂くのを本当に楽しみにしていました。私が実家を訪ねるたび、美晴さんの話をよくしておりました。申し遅れました。もうお気づきだったと思いますが、母は認知症が進行しておりました。半年くらい前から施設を探し、先月ようやく入所できました。母はもういろいろなことを忘れてしまいました。同封のはがきは3カ月前のものです。母は美晴さんからはがきを頂いたらすぐ返信できるように書きはじめたものの、途中で文字を思い出せなくなったようでテーブルの上に置いてありました。多分、母が書いた最後の文字になると思います〉

増井さんはいつも返事を用意して、私のはがきを待ちかねていてくれたのだ。苦しめてなどいなかったのに、私は出すのをやめてしまった。増井さん、ごめんなさい。

〈美晴さんにお願いがあります。これから母の様子を報告しがてら、ときどき、はがきやお手紙を差し上げてもよろしいでしょうか？　私は今58歳で夫と2人暮らしです。私も母と同じく文字を書くことが大好きです。もし、ご迷惑でなければ母との文通を引き継がせていただけたらと願っております。私、母から聞いて美晴さんのことはよく存じあげているのです（笑）。引き継ぎ文通なんていやだと思われましたら、どうぞこの手紙は無視してください。野地留美子〉

何とすてきな娘さんだろう。美晴さんはすぐにはがきを書いた。

〈お手紙をありがとうございます。お母様は施設に入られたのですね。安心いたしまし

た。文通の選手交代、歓迎です。私のほうこそどうぞよろしくお願いいたします〉

世の中にはこんなユニークな選手交代もあるのだ。美晴さんの心に、便せんの色と同じ青空が広がった。

同窓会ほらー

大広間の各テーブルを埋めた80人近いじい、じい、ばあ、ばあ、じい、ばあ、ばあ……。

笑い声と話し声が混ざり合って、お祭りのようなにぎやかさである。いや、これは75歳になった私たちの中学校最後の同窓会というお祭りなのだ。

中学校を卒業して60年、私は初めて同窓会に出席した。夫の転勤でどんどん故郷から遠くなり、一番遠くなった地に住み着いてしまった。年に1度は帰省していたのだが、5年ごとの同窓会と日時が合わなくてずっと欠席だった。

今回はいとこのノブちゃんが病気療養中で「生きているうちに希代ちゃんに会いたい」と言っていると兄から聞いて、見舞いを兼ねて同窓会に合わせて帰省したのだ。

60年ぶりに会う同級生たちは、私にとってはまるで顔当てクイズだった。胸に付けた名札の名字を見て昔の顔を記憶の中から引き出して、「えーと、○子さん?」「○くん?」と確認するという具合だ。少年少女の15歳から一気に75歳に飛ぶのだから「えー、こんなになっちゃったんだ」と思う人ばかりだ。もちろん、私も名札の〈弘田(旧姓水口)〉で「水口さん?」「希代ちゃん?」と言われ続けで、相手から見れば「えー、こんなになっちゃったんだ」組なんだけれど。

幹事らのあいさつが終わると、上等の会席弁当が配られた。新型コロナなどの感染予防のためだ。

食事タイムが終わると懇親タイムになった。クラスごとに座っていたじじい、ばあがあちこちに移動し始めた。私は特に話したい人もいないので、ウーロン茶を飲みながらテーブルの隣に座っている浜野くんとしゃべり始めた。

彼は変わり果てていた。頭髪はほぼなくなり、顔にも体にも緩んだ肉がついて丸っこくなっていた。きりっとした目元の面影などどこにもなく垂れたまぶたの上に、黒ぶちの眼鏡をかけていた。「85歳です」と言っても通るくらいのおじいさんに見えた。その分、人の良さそうな柔らかい雰囲気にはなっている。

「昔のイケメンも歳月には勝てないのね」

私がほほ笑みながら言うと、浜野くんは照れながら、

「いや、元々、モテない顔だったよ」

と謙遜した。

おお、謙遜できるようになったんだ。昔は自慢が多かったのに。ま、15歳だったからね。思い出話になった。国語の川野先生が毎日服を変えてきて七面鳥と呼ばれていたこと、数学の秋山先生は説明が上手だったことなどなど。

私はそこまでよく覚えていなかったので、適当に相槌を打った。

「浜野くんは英語がよくできたよね」

「いや、そうでもなかったけど」

と浜野くんはまた謙遜した。歳月が彼に慎みを教えたのだ。

不良だった寺山くんの話になった。彼は数年前に亡くなったとのことだった。

「浜野くんも講堂の裏に呼び出されたことあったよね」

「そうだったかなあ」

いやなことは思い出したくないのだろう。

私は話を変えたが、私が覚えていて浜野くんが、

「いや、そんなことあったかなあ」

「うーん、覚えてないなあ」

という話がいくつかあった。

少しもの忘れが始まっているのかもしれないとちらっと思った。そうだ。もう会うこともないし、今、言っておこう。

「私ね、中3の頃、浜野くんに片思いしていたのよ。ウフフ」

浜野くんは「えっ、おれなんかに」とまたまた大いに謙遜したあと、ええいという感

じで私に言った。

「おれも水口さんに片思いしてたよ」

ええ〜っ、じゃあ両思いだったんだと言い合いながら、こんなになっちゃった同士が初恋の告白かい、と笑ってしまった。

「水口さーん」と向こうのほうから手招きされた。「じゃ」と浜野くんに言って私は向こうのテーブルに移った。

正午から始まった同窓会は、午後2時に終わった。その夜はビジネスホテルを取ってあった。実家は兄が継いでいるが、泊めてもらえば高齢の兄嫁に負担をかける。明日、ノブちゃんを見舞ったあと、顔を出して兄と一緒に両親の墓参りに行く予定にしてあった。

部屋で1人缶ビールを飲みながら、浜野くんと昔の話が嚙み合わないことが何度もあったことを思い出した。

あっ。不意に思い出した。クラスに浜野くんが2人いたことを。1人は顔も頭も良かった秀雄、もう1人は顔も成績もイマイチだった和夫。昼間の浜野くんは秀雄くんだと思いこんでいたのだが……。

個人情報の観点からということで、出席者名簿は配られなかった。出席者が多いので1人ずつの近況報告もなかった。急に気になって私は幹事の野村さんに電話した。

「え？　隣に座っていた浜野くんの名前？　和夫くんよ」

しまった、道理で話が嚙み合わない個所がいくつもあったはずだ。謙遜ばかりして、と思ったが、彼は正直に答えただけだったのだ。

野村さんが続けた。

「和夫くんも昔の面影ゼロのおじいさんになったけど、秀雄くんも面影ゼロおじいさんになってたよ。え？　昨年末に倒れて亡くなったのよ。あいさつの中で言ったように、学年全体でもう24人も亡くなったんだものねえ」

秀雄くんのほうは亡くなっていたのか……。

私は「楽しい同窓会だったわ」とお礼を言って電話を切った。

やーね、同姓の罪、変貌しすぎの罪。違う浜野くんに告白までしてしまったじゃないの。おれなんかに、と照れて喜んだはずよね。ま、もう会うこともないし、昔、彼が私を好きだったこともわかったし。「同窓会ほらー」として明日、いとこのノブちゃんに話してあげようっと。

第5章

ときは流れて

たどり着かない帰れない

「いつまでも若々しくきれいでいたい」は、女性の大きな願いである。老化が進む中ではかなり難しい願いでもあるので、せめてきれいの数歩手前レベルでいたいと努力する。それにはヘアスタイルも重要だ。「この人！」という美容師と巡り合ったら女性は通い続ける。

静代さんは都会の美容院に通っている。電車を乗り換えて1時間20分かけて行く。30年前、きれいなショートカットの友人がいた。知的な顔によく似合う、きりっとしたカットだった。彼女に紹介してもらい、都会の一画にあるその美容院を訪れた。

そこはビルの2階にあり、専用の外階段から出入りするようになっていた。草野さんという30歳の誠実そうな男性美容師が、1人でやっている店だった。独立してまもないと聞いた。友人に「こう言えばいいのよ」と教えられた通り「私の顔に一番似合う髪型にしてください」と頼んだ。

仕上がった頭を見て思わずにっこりして、「まあ、すてき、かっこいいですね」と言ってしまった。近隣のどの店でカットしてもパーマをかけてもおばちゃんヘアスタイルになって気に入らなかったのに、草野さんのは違った。短すぎないショートカットで、静代さんの丸顔がすっきり見えるように仕上がっていた。おばちゃんヘアスタイルからやっと抜け出せたと思った。

草野さんの誠実な対応もうれしかった。それから2カ月に1度、パート休みの日に電車に乗って草野さんの美容院に通うようになった。

あれから30年がたった。静代さんは75歳になった。草野さんも60歳になり、白髪の品のいいおじさんになった。紹介してくれた友人は十数年前に夫の故郷に引っ越し、もう会う機会もなくなった。

先日、美容院の外階段を上りながら静代さんは初めて、この階段を急だなと感じた。

いつまでこの階段を上ることができるだろうかと、ふと思った。

その日はカットと白髪染めを頼んであったので、2時間の予約だった。草野さんに髪の毛を任せながら、階段の感想を話した。

「ああ。そうなんですよ。娘さんの車で40分かけて送ってもらい100歳までうちに来ていた女性は、ついに階段を上れなくなって来なくなりました」

おお、100歳まで都会の美容院に通ってきていた!

「いつまでもきれいでいたいというお手本ですね。他にも高齢で来られなくなった人がいますか?」

「80代後半の人で予約時間を20分すぎても来ないので、家に電話してみたら息子さんが出て、『母は1時間前に出ました』とのことでした。家からここまで電車でひと駅なのに変だな、と思いました。結局、来ませんでした。翌日、本人から電話があって『道に迷ってたどり着けなかったのよ』と謝ってくれました」

20年前から月に1回通っている場所に着けない。ひょっとして認知症が始まっているのではと気付いた草野さんは、「今度来るときは息子さんに連れてきてもらってください」と伝えた。別の日に予約を取り直し、息子が連れてきたが、着くとすぐ帰ってしまった。

1時間後、気遣う草野さんに女性は「大丈夫よ」と帰っていった。その数時間後、息子から「母がまだ帰宅しませんが、何時に終わりましたか？」と電話があった。

全然大丈夫ではなかったのだ。道に迷って今度は帰れなくなったのだ。そのあと電話がなかったので、どうにか帰宅できたらしい。

1カ月後、その女性から「今から行っていいですか？」と電話があった。草野さんの美容院は、完全予約制である。急に来られても予約客がいる。「それでは○日の○時に予約を入れておきます。息子さんに連れてきてもらってください」と伝えると「わかりました」と普通に答えた。しかし、予約当日になると来ない。

電話すると「あら、今日だったの？」。

数日後、息子から「母親がカットの予約を入れてくれというので」と電話があった。「では○日○時にお母さんを連れておいでください。お待ちしています」と伝えた。「はい、そうします」と息子が答えた。

しかし、当日の予約時間になっても2人は来なかった。

「何の連絡もなく、それっきりです」

草野さんが続けた。

「何年か前、財布を忘れたので、あとで持ってきますと言って、料金を払わずに帰った80代後半女性もいました。歩いて数分先に住んでいる人だったので、すぐに持ってきてくれると思っていたのですが」

来なかった。3カ月後、突然「払いにきました」と現れた。完全に忘れていて何かの拍子に頭の回路がつながって、「あっ」と思い出したらしい。それからしばらくしてその人は亡くなったと聞いた。

階段を上れても認知症になったら、1人ではここに来られなくなる。「いつまでもきれいに」のハードルは高いと、静代さんは思い知った。

「90歳でも杖をついて電車で1時間半かけて来てくれている人もいますよ。ときどき、都会の空気を吸って刺激を受けるためにもここへ来たいのよと言ってました」

「私もその人を目指したいです。脳と足を鍛え、90歳まで長生きしてここへ通ってきたいです」

と静代さんが言うと、草野さんがアハハと緩やかに笑った。

「あと15年先は、ぼく75歳ですよ。現役は無理じゃないかなあ」

「今の私の年齢です、大丈夫です」

と静代さんは励ました。

「お気を付けて」の草野さんの声に送られ、静代さんは外階段の手すりを持ちながら慎重に下りた。

こわいものなし

春江さんの家の奥の一間には、肖像画が飾ってある。

春江さんと、4年前に死んでしまった夫の武郎さんである。春江さんはこれを眺めるたび、にんまりする。

「わたしゃ、けっこういい女だね、おじいさんもなかなかの男前だよ」

と。隣に住む息子夫婦にこれを見せたとき、嫁がうふっと笑って、

「お義父さんもお義母さんも別人みたいに若くてきれいに描いてくれてますね」

って失礼なことを言ったけど。

これを描いてもらったのは5年前、春江さんが83歳、夫の武郎さんが86歳のときだ。

5月の終わりくらいだった。元農家の広い庭の隅で春江さんが草取りをしていると、大

きなカバンを肩にかけた男が「こんにちは」とやってきた。白髪混じりの髪が耳の下までであった。

男は名乗った。

「私は画家です。この辺り一帯のお年寄り夫婦の家を回っています。ご夫婦の長寿の記念に肖像画はいかがですか」

「ん、偉い人や金持ちが描いてもらって家に飾ってあるあの肖像画かい？　おじいさんに聞いてくるよ」

と春江さんは家の中にいた武郎さんを呼びにいった。

少し腰の曲がった2人を前に画家は笑みを浮かべながら、

「私は元首相のナカソネさんの肖像画を描いたこともあるんですよ」

と自慢した。

「おお、ナカソネさんを！　すごいのう、たいしたもんですなあ」

とおじいさんは感嘆し、

「2人で描いてもらって遺影にしようかの」

と春江さんを見た。

「おじいさんがいいなら」と春江さんはうなずいた。武郎さんは値段も聞かずに「お願いします」と頼んだ。

男を座敷に上げ、見本になる写真をと言われて、

「金婚式のとき隣の息子夫婦が撮ってくれた記念写真です」

と盛装して並んだ写真を預けた。話し好きの武郎さんは画家に2時間も昔話や世間話をした。画家は肖像画をあっさり頼んでくれたお礼だと思ったのだろう、相槌を打ちながら話し相手をしてくれた。春江さんは茶を3回注いだ。

2カ月後、出来上がった肖像画を持って画家が再びやってきた。

座敷に上がった画家が大きな風呂敷包みを開き、箱に入った2人の肖像画を、

「すぐ掛けられるよう額に入れてあります」

と言いながらゆっくり取り出した。油絵の肖像画だった。武郎さんは、

「ほう、よく描けてますなあ」

とうれしそうに絵を眺めた。春江さんも、

「うまいもんですねえ」

と感想を述べた。しわだらけの2人よりかなり若く、そして男前と美人になっていた。

「これを遺影にしよう」

と機嫌良く絵を眺めていた武郎さんに、画家が「料金です」とおもむろに請求書を差し出した。

まさかの1人20万円、計40万円だった。春江さんは目を丸くした。武郎さんも「えっ」ともう一度請求書を眺めたあと、仕方ないと思ったらしく立ち上がり奥に行って現金を持ってきた。画家はお金を受け取ると、

「他にも肖像画を届ける予定があるから」

と言って茶を1杯飲んだだけで急いで帰っていった。

武郎さんは2人の肖像画を居間に飾った。見上げては、にこにこした。

数日後、娘がやってきた。車で20分ほどの所に住んでいる。ときどき、両親の様子を見にくる。

居間の肖像画を見付け、

「どうしたの、誰が描いたの」

と聞いた。春江さんが説明し、40万円払ったと聞くや娘の顔が般若の面と化した。

「よ、よんじゅうま〜ん！　だまされたのよっ、素人に毛が生えたレベルの絵じゃないのっ。うちの息子だってこれくらいの絵は描けるわよっ。ナカソネさんの肖像画を描いたことがある？　新聞に載っていたナカソネさんの写真を見て勝手に描いたことがあるということじゃないの。小金を持っている年寄りを狙った自称画家の詐欺よっ。大体、お父さんは気前が良すぎるわよっ」

武郎さんが、

「まあ、いいじゃないか、おまえに迷惑はかけてないし、おれも春江も気に入っているんだから」

と言うと、娘はやっとわめきたてるのをやめた。

「これをおれと春江の遺影にしてくれ」

娘は一蹴した。

「だめよ、葬式に油絵の遺影なんて聞いたことがない。貧乏くさくてみっともない」

居間に飾っておくと娘が来るたび叱られると思った春江さんは、武郎さんと相談して奥の一間に移したのだった。

それから数カ月後、春江さんがまた庭の草を取っていると、40代くらいの作業服の男が軽トラでやってきた。

消火器を売りにきたのだった。「おじいさんに聞いてみるよ」と春江さんはテレビを見ていた武郎さんに伝えにいった。

男が玄関の上がり框《かまち》に腰を下ろして消火器の必要性を述べ始めた。武郎さんも「どっこいしょ」と腰を下ろした。話し好きの武郎さんはいつの間にか自分の昔話や戦時中の話をし始めた。男はうなずきながら聞いた。1時間たったので、春江さんは冷蔵庫に冷やしてあったオロナミンCを1本ずつ持っていった。

武郎さんの思い出話は2時間たっても終わらず、ついに3時間めに入った。男は聞き疲れたらしく時計を見た。武郎さんはたっぷり話し相手になってもらえたので機嫌良く
「消火器、買うよ。いくらかね？」

と聞いた。

「ありがとうございます。5万円です」

「わかった」

と武郎さんは奥へ行って、お金を持ってきた。

数日後、娘が来て消火器を見つけた。

「ええっ、5万円！　ばかねえ、ぼったくられたのよっ」

と怒った。

「3時間もお父さんの話し相手になってくれたんだよ」

と春江さんが言うと、娘は、

「へぇえ、かなり辛抱強い人だねえ。えらいよ」

と褒めたあと、

「話し相手代が入っているにしても高いっ」

と、また怒った。

肖像画を描いてもらった1年後、武郎さんは病気で亡くなった。葬式の遺影は写真にした。

1人暮らしになった春江さんは、隣に息子夫婦がいるとはいえ、いろいろな対応を自分でしなければいけなくなった。

春江さんの年代はイエ電（固定電話）が鳴ると無視できない。すぐに出てしかも名字を名乗る。

「使ってない瀬戸物はありませんか。買い取ります」と言われたので「ありますよ」と答えた。引き戸のついた棚に山ほど積んである。

「明日、引き取りに行きます」と言われた。

翌日、腰は少し曲がっているが元気な春江さんは朝から玄関の上がり框に黄ばんだ大皿、小皿、小鉢などをずらっと積んでおいた。以前、法事や祝い事などを全部家でやっていた頃のものだ。親類や近所の人も招いていたので、全部で数百枚もある。

引き取りに来た若い男に、春江さんは言った。

「今、使ってない瀬戸物だよ」

男はあきれたように言った。

「昔使ったものはだめですよ。使ってないというのは箱に入った新品ということですよ」

じゃあそう言えばいいのに。「ないよ」と答えると男は、

「着物とか貴金属とかはありませんか。指輪、ネックレスなど金目の物、買い取りますよ」

と粘り始めた。春江さんは少し怖くなったので、大きな声で言った。

「持ってないよ。隣に息子夫婦がいるから、ちょっと呼んでくるよ」

男は不機嫌な顔で帰っていった。

娘に夜電話して話すと、

「危ないわよ。何でもかんでも電話に出なくていいのよ」

ときつく叱られたあと褒められた。

「隣の息子夫婦を呼んでくると言ったのは正解だった。よく頭が回ったね」

そんなある日、見覚えのある作業服の男が軽トラでやってきた。

「おじいさんに消火器を買ってもらった者です。久しぶりですね」と笑みを浮かべた。

ああ、と春江さんは思い出した。3時間もおじいさんの話し相手をした男だ。

「おじいさんは死んじゃったんだよ」

と伝えると男は、

「そうでしたか。残念ですね」

と言ったあと続けた。

「お宅は家が広いので、絶対もう1本、消火器が必要ですよ」

春江さんはそうかもしれないと思った。

「いくらだね」

「前よりうんと安くしておきます。3万円でいいですよ」

前は確か5万円だった。2万円も安い。

「じゃあ、もらっておこうかね」

とあっさり買ってしまった。男はお礼のつもりか1時間ほど世間話をして、

「おばあちゃん、体に気を付けてね」

と言って帰った。

娘が来て春江さんはまた叱られた。

別の日。電話に出ると何かの勧誘だった。

春江さんはこれまでさんざん娘に叱られたことを思い浮かべ、

「わたしゃね、ばあさんでそういうのはわからないから、ハイハイ」

と言ってガチャンと切った。

夜、娘に電話して話すと、

「そうよ、それでいいのよ。これからもそうしてね。お母さん、えらいよ」

と褒められた。

数日後、娘がやってきた。新しい電話機を持ってきていた。買ってきたという。

「やっぱり安心できないからこの安心応答モード付きの電話機にして。私が設定しておくから」

と。

翌日から春江さんは、電話が鳴るといらいらするようになった。

「この電話は安心応答モードになっております。お名前をおっしゃってください」

という声がまず流れ、相手が名乗らないとつながらない。誰だろうと思いながら数十秒電話の前で待たねばならない。それがいやなのだ。

「わたしゃ、あんな電話いやだよ。元のようにすぐ出られて相手の声が聞こえるようにしておくれ。親類のサヨコさんやスズエさんもいやがってるよ」

今度は春江さんが娘にぶちぶち電話で文句を言った。1週間後に娘が来て「まったくもう」と言いながらも、安心応答モードの設定を解除した。

今日も電話が鳴る。勧誘や買い取りの類の電話だとわかると、

「わたしゃ、ばあさんなのでよくわかりません。ハイハイ」

ガチャンで一丁上がり。

訪問販売などが来ると、

「隣の息子夫婦を呼んできますので」

と言えば大抵、引き揚げる。

春江さんは奥の一間に飾ってあるお気に入りの肖像画を見上げながらつぶやく。

「わたしゃ、もうじき89になるけどさ、ボケるどころかだんだん利口になっているみたいだよ、おじいさん」

もしかしたら、私……

銀行のキャッシュカードが見つからなくてあちこち探していたせいで、晩ご飯が遅くなってしまった。

いつもしまっている場所になくて、盗られた？　落とした？　どうしようと焦ったが、何のことはない。1週間前、銀行から帰って、しまい込むのを忘れていただけだった。カードはまさかと思ったバッグの中にそのままあった。こんなことは初めてだ。

さあ、ご飯食べよう。何にしようか。今日は八百屋に行ったので、新鮮な野菜が何種類かある。

朋子さんは、冷蔵庫の野菜室からキャベツを取り出した。葉を2枚はがして洗い、手でばりばりとちぎって皿に置く。キュウリ1本を洗ってから手でバキバキと三つに折ってキャベツの前に並べる。ピーマンは洗って丸ごと同じ皿に飾る。ヘタと種部分をかじり残せばいい。冷凍庫を探して1週間前に買ったから揚げの残りを2個見つけてチンする。あとは柿ピーとポテトチップ少々。これでビールを1缶飲もう。火不要、包丁不要の晩ご飯が5分でできた。

「いただきまーす」と言ってビール（発泡酒だが）をぐいと飲む。うまい。朋子さんは食レポの真似をしてピーマンを生で一口かじり、「甘いですね」と言ってみる。甘くはないが、青くさいピーマン本来の味がしておいしい。

夫が生きていた頃は、食後の洗い物の多さにうんざりしたが、今は5分で終わる。あぁラクだなあとにんまりする。

今日のような火も包丁も使わない晩ご飯のことを教えてくれたのは、鈴木さんだ。朋子さんが今も週1回通う公民館のラクラク体操教室で一緒だった。彼女は夫を亡くすと、すぐに料理をやめたと言った。

「私は料理が苦手だったのに、60年近くも仕方なく夫のご飯を作ってきたの。苦手と言うのは下手ってことよ。夫に味が辛いの薄いの変わった料理が食べてみたいだの文句をよく言われて心の中で、じゃ、自分で作ればいいじゃないのと腹を立てながらも、夫の年金がないと暮らしていけないので作ったのよ。私にとっては忍耐のご飯作りだったわ。だから夫が死んだときは全然悲しくなかったの。これでもう料理しなくてすむんだと、せいせいしたわ」

鈴木さんは潔く包丁もフライパンも捨てた。鍋も1個だけ残して捨てた。「これからは3食買い食いしよう」と決めた。食べたい惣菜を買う。ご飯もパック詰めを買う。サラダを食べたいときは手を使う。新鮮な野菜をちぎる、折る、割る。あるいは丸ごとかぶりつく。行儀が悪くてどこが悪い、と。

「毎日あまりのラクさに感動したわよ」

と鈴木さんは愉快そうに笑った。

3年前にあの話を聞いてから、数カ月後に彼女はラクラク体操教室をやめた。今85歳だ。どうしているだろうか。

朋子さんの夫が死んだのは1年前だ。82歳までほぼ健康に生きたのだから、まあいいだろう。そのとき、朋子さんもまじめなご飯作りから自分を解放した。かつては4人分、子ども達が巣立ってからは2人分、毎日献立を考え買い物に行き、栄養バランスを考えて作り続けてきたのだ。作り疲れていた。

ただ、朋子さんは料理するのは嫌いではなかったので、包丁や鍋を捨てたりはしなかった。方向転換したのだ。まじめご飯から手間をかけないテキトーご飯に。煮物くらい作ってみようかなと思うときは、たっぷり作り冷蔵庫に保存して、1回分ずつ電子レンジで温め直して数日間食べる。作ることに比べれば、毎日同じ物を食べるくらいどうということはない。

朋子さんは最近、友人に「やせたんじゃない」と言われるようになった。夫がいた頃はどうしても減らなかった体重が、この1年の間に3キロ減ったのだ。行方不明になりかけていたウエストが「ここです」とわかるようになった。

朋子さんは正直に友人に答える。

「名付けて〈夫が死んだからダイエット〉よ。ううん、悲しくてご飯が食べられないんじゃなくて、手抜きの粗食になったのでやせただけよ」

と。

その日は週1回の公民館のラクラク体操教室の日だった。

朋子さんを含めた60~80代の13人のおばさん、おばあさん達が、1時間半講師の指導のもと体を動かす。新型コロナ禍のときはおしゃべりできなかったが、今は自由だ。皆、教室が始まる30分以上も前に来ておしゃべりに興じる。

70歳の野田さんが朋子さんに言った。

「伊野さん、漬物の本持ってきてくれた?」

え?

「先週約束したよ。漬物の話が出たときに、もう漬物なんかしないから〈漬物百科〉をあげるね、来週持ってくるって」

そうだっけ……。

「ごめんなさい。忘れていたわ。来週必ず持ってくるね」

野田さんが言った。

「伊野さん、大丈夫？　この前もここに水筒忘れて帰ったし」

ああ、そうだった。

「あなた、夫が亡くなってのんびりしすぎて、ぼけてきたんじゃないの。そうそう、前に来ていた鈴木さんね」

皆が「鈴木さんがどうかしたの」と寄ってきた。野田さんが話し始めた。

「彼女、認知症が進んで近く施設に入るそうよ。近くにいる友人から聞いた。料理を一切やめてからストレスゼロ、緊張感ゼロ、頭も使わなくなっていろんなことが面倒くさくなったみたいよ。毎日町外れの川沿いに散歩に行って、土手の雑草の花を摘んだりしていたんだって。何度か家に帰る道がわからなくなって困っていたとか聞いたわ」

朋子さんはショックを受けた。鈴木さんが認知症に……。

「そう言えば」と一番若い63歳の栗川さんが話し始めた。

「この間、法事で故郷に帰ってきたのよ。隣のおばあさんが認知症になっていたわ。うん、1年前まで畑に季節ごとの野菜を作っていた明るいおばあちゃんだったのに、表情がなくなっていて驚いたわ」

栗川さんが「おばあさん、いくつになったんですか」と聞くと「99歳」と答えた。

「そんなはずは……」と思っていると、近くにいた息子が「92歳ですよ」と苦笑した。

息子が説明してくれた。

「畑をやっていたときは、ほら種まきだ、肥料をやらなきゃ、草取りだ、連作は良くないから次はここにこれを蒔こうかと、段取りして忙しくしていたんだよ。でも、おれと家内がばあちゃんに、もうトシだからのんびりテレビでも見てすごしなよって畑をやめさせたんだよ。親孝行のつもりでね。何もすることがなくなったばあちゃんは、少しずつ動作が鈍くなって受け答えがおかしくなって……。幾つになってもやることがある生活が、ばあちゃんのためには良かったんだと反省しているんだけど、もう遅いよね」

教室の皆がうなずく。今度は75歳の本山さんが話し始めた。

「うちの近所の80代半ばの夫婦はね、毎日午後2時になると夫が運転して2人でスーパーに行くんだよ。夫がわがままでね。今日はあれが食べたいから作れって毎日料理を指定して妻に作らせるんだってさ。ん？　夫は元大きな会社の偉いさんでね、妻は長年ぜいたくさせてもらったからいやとは言えない、仕方ないわと言ってた。近くに娘さんがいるので私、前に一度言ってやったんだよ。あんた、週の半分でもいいからおかずを作って持っていってやれば？　お母さんもラクになるよって」

娘はこう答えた。

「あれが両親の元気のもとなんですよ。もし、私がおかずを持っていくようになったら、母はそれをあてにするようになると思います。高齢の両親に出かける先なんてないでしょう。2人で毎日スーパーに行って話しながら材料を選んで作るから、ぼけないで元気でいられるのだと思いますよ」

本山さんは言った。

「確かにそうだよね。年取って何にもしなくなったら、鈴木さんと同じ道をたどるかもしれないよね。と、いうことで皆さん、面倒でもご飯作りはぼけ防止と思ってやろうね〜」

朋子さんはじんわりかすかな不安が湧いてくるのを覚えた。

私は最近、うっかりや忘れ物が多くなっている。ラク命《いのち》で、毎日何のストレスもないせいかもしれない。もしかしていつの間にか鈴木さんと同じ道をたどり始めている？

不安が強くなる。いきなり誰かに呼ばれた。

「伊野さん、もうじき始まる時間だよ。そこにぼーっと立っていちゃだめだよ。自分の位置に戻って〜」

朋子さんははっとした。

どこ、どこだっけ？　毎週同じ場所なのに自分が誰の横なのか一瞬わからなくなった。

さっきの不安がぐっと戻ってくる。

えーと、えーと。誰かが指を差してくれた。あ、あそこだった。自分の場所に戻り、追いかけてくる不安を打ち消すように朋子さんは心の中でつぶやく。

私、ぼけ始めてなんかいないよね、大丈夫だよね……。

実家どうなる

彰子さんは最近、実家のことを思うと本当に背中が重くなる。古い実家が貼り付いているかのように。

どうなる実家、どうする実家。彰子さんは77歳になった。今の元気がいつまで続くか予測できない。80歳が迫っているが相談する人もいない。

「お兄ちゃんが悪いのよ」と思う。大好きだった兄は、まだ50代半ばだったのに、突然倒れてあっけなく逝ってしまった。いずれ兄が故郷の実家も田畑も墓も守ってくれると思ったからこそ、何の心配もなく電車で5時間もかかる今の地に嫁いできたのに。

夫もそれまで元気だったのに、3年前に倒れて1カ月で逝ってしまった。自分もいつあっけなく逝くかもしれないのだと思うと、また背中が重くなる。

彰子さんの故郷は、自然豊かな四国の山間部にある。はっきり言えば、草深い田舎である。

故郷で1人暮らしをしていた母親が10年前に亡くなってから、実家は空き家になった。数枚の田畑は遠縁の一家が預かってくれることになった。

実家は10部屋もある大きな古い家である。彰子さんは年に数回帰省して、1人で泣きそうになりながら3年がかりでようやく家の中の物を処分した。とりあえず借りてくれる人を探すため不動産会社に頼んだ。住む人がいないと、家はすぐに傷んで朽ちていくから。とりあえずというのは、いずれ墓仕舞いをするときに実家も解体しようと思ったのだ。

家の借り手は意外に早く見つかった。2人目の子どもが生まれる前の若い夫婦が借りてくれた。

若い一家は3年住んでくれた。ありがたかった。ずっと住んでほしかったが、交通は不便だし、幼稚園も小学校も遠いので越していった。

その後、しばらく空き家に戻った。彰子さんは年に数回墓参りを兼ねて帰省し、家の中に風を入れ、掃除をし、庭や周囲の草取りをして実家を守った。

10部屋で家賃は月1万円。2年前、再び借りたいと言う人が見つかった。知人が紹介してくれた1人暮らしのおじいさんである。

貸すときにおじいさんの弟妹が一緒に来て、「本人が死んだら片付けて家を返します」旨の念書をくれた。

「でも、返されても困るなあ」

と彰子さんは思う。おじいさんは今年83歳。長生きして100歳まで借りてくれたとする。17年後、自分が生きていたとしても94歳だ。そのとき、実家をどうするか、考えたり行動したりできるだろうか、と。彰子さんには他県に住む息子達がいるが、できればそんなわずらわしいことを押し付けたくはない。

「最近は家のすぐ前の畑にまでイノシシが来て野菜を食い荒らすんだよ」

と近所の人が怒っていた。集落の人は減るのに、イノシシはどんどん増えてどこの畑もイノシシの足跡だらけという。

高校の同級生が住む少し開けた地域も、イノシシの被害だらけだという。

「私の大好きなタケノコも、毎年イノシシに先に食べられて、竹林は穴ぼこだらけだよ。雨が降るとその穴ぼこに水がたまって斜面は崩れる、竹は倒れるで、山に入れなくなるんだよ。せめて穴ぼこを埋めていけとイノシシに言いたいよ」

友人はこうも言った。

「イノシシホイホイみたいなのがあればいいのに」

遠縁の一家が預かってくれた田畑もできれば売りたいが買い手などない。先の友人の家の周囲にもほったらかしで、草ぼうぼうの広い田畑があちこちにあるという。高齢で耕作をやめたり亡くなったりした人達の田畑だ。地方の交通不便な土地はそうやって荒野化していき、イノシシや野生動物ばかりが勢いを増していくのだ。

墓の管理も大変だ。

彰子さんは今も墓を守るために年に何度か帰省して親類の家に1～2泊させてもら

い、墓地の草取りをしている。田舎の昔からある個人墓地は広い。彰子さんの母親が生前、墓の周りに庭のように苗木を植えたのがまずかった。

気候が温暖で雨が多い土地だから木の成長が早い。10年前、人に頼んで切ってもらったら、10万円かかった。今また木々は生い茂って墓地に覆いかぶさるほどになっている。また人に頼んで切ってもらわなければならないが、十数万円かかりそうで頭が痛い。

大雨のあと墓石が崩れたことがあった。これも人に頼むしかなかった。とにかくお金ばかりかかる。

彰子さんは最近鏡を見て、老けたなと感じる。トシのせいもあるが、思案することが多いせいではないか。

墓仕舞い、実家の解体、田畑の相続。シワは増え、背中が重くなるばかりだ。

近くの友人に話してみた。楽天家の友人はこう言った。

「自分が実家や墓の始末をつけられなかったときは、息子達が何とかしてくれると思えばいいんじゃないの」

「息子達に負担をかけるのはねえ」

と彰子さんが言うと、友人は笑った。

「お母さんが何とかしようと思っていたけどできなかった。ごめんね、あとはどうにでもしてねって死ぬ前に言えばいいんじゃないの。何でも何とかなるものよ。そう肚をくれば？」

確かにそうだ、何でも何とかなるものだ。ついでに、

「私の葬式は簡単でいいから、実家の解体費用に回してね」

とでも言うか。

彰子さんは背中が少し軽くなったような気がした。

おれは、ばばドル

19歳、大学生、身長181センチのおれが姿を現すと、その辺に待機していたおばあさん達が目を輝かせながらザーッと寄ってきて、おれを取り囲むんだ。まるで波が打ち寄せてくるみたいに。〈婆〉という漢字の語源ってこれかなって思ったりするよ。違うけど。いや、おれ、アイドルじゃないです。ま、強いて言えば〈ばばドル〉ってところかな。

集まってきた30人くらいのおばあさん達と少数のおじいさん達は、おれの手元をじっと見つめて、半額値引きシールを貼ると同時にさっと誰かがそれをさらうんだ。1個シールを貼るたびに、弁当や惣菜パックがひゅっひゅっと手ですくわれていくんだ。そう、百人一首の札とり大会みたいな早業で。

あっという間に、さっきまで陳列台に並んでいた弁当類と惣菜類がきれいに消えてしまう。半額値引きって大きいもんね。

周囲に古い住宅やアパートが建ち並ぶこのスーパーで、バイトを始めたのは大学に入学してすぐのときからだよ。週に4~5日、午後5時から閉店の午後10時まで。値引きシール貼りも担当だけど、おれのメインの仕事は品出し係。商品の入った段ボール箱を倉庫の高い棚に積んだり、下ろしたりするので、身長と体力がないとできないバイトなんだ。

賞味期限が当日の弁当、惣菜類は採算が合わなくても売り切らなきゃいけないから、午後7時ジャストに値引きシールを貼る。おばあさん達はそれをめがけてくるんだ。雨でも雪でも必ず来る。そういう日は、残っている弁当や惣菜が多いので、狙い目なんだ。冬場の午後7時は真っ暗だけど、ちゃんとやってくる。半額以外の商品は絶対買わない。

中には欲しい弁当を値引き前にカゴに入れてその辺で様子をうかがい、おれが半額値引きシールを貼り始めると突進してきて、

「これも半額になるのよね」

と差し出すおばあさんもいる。生活の知恵じゃなくて、生活の悪知恵だね、と思うよ。

ときどき、10個も半額弁当を買っていくおばあさんもいる。

「これ、冷凍しておいてチンして食べるのよ」

って、おばあさん同士で話していた。料理は一切しないいんだろうな。

ちなみにカットフルーツも当日に売り切らなきゃいけないから、夕方になると半額値引きするんだ。これもおお〜っと思うくらい即完売するよ。

この間、見回すと、半額値引き狙いのスタメン（スターティングメンバー）の1人がいなかったんだ。珍しいな、あのおばあさん病気かなと思っていると、おれがシールを貼り始めると同時に売り場の通路を向こうからダダダと走ってきたんだ。「しまった、出遅れたか」って感じで。

走れるんかいっ、ておれ、思わず声を出さずに笑ってしまった。

半額狙いのおばあさん達は、大体80代かな、多分1人暮らしで生活キビしいんだろうなって思う。バイトしてこういう年寄りを見るようになって、おれも無駄遣いしないでバイト代を半分貯金するようになったんだ。
うん、働くって勉強になるなって思うよ。

切れかけ絆

春のお彼岸、お盆、秋のお彼岸が近付くと、千佳子さんは気が重くなる。夫と一緒に義父母の墓参りに行かねばならないからだ。

いや、墓参り自体は、どうということはない。問題はそのあとだ。墓参りのあと歩いて5分ほど先の夫の生家に寄り仏壇にお供えをし、線香をあげる。その折、義姉と顔を合わせる。それがしんどいのだ。

夫の兄（長男・以下義兄）は気さくな人だが、妻の純子さんは愛想のかけらもないというか、まったくかわいげのない人なのだ。75歳になった今も元お嬢さまの雰囲気を維持しており、プライドが高くて気軽にものが言いにくい。

同じ県内とはいえ、夫の生家まで車で1時間ちょっとかかる。義兄は「遠いところをお疲れ様」と笑顔で迎えてくれるが純子さんはそんなねぎらいの言葉など決して口にしない。ま、夫が言えば十分と思っているのかもしれないが。

今年の春のお彼岸はこんな具合だった。

千佳子さん夫婦が仏壇に線香をあげ手を合わせ終わると、仏間の並びの客間から「まあ、座って」と義兄がいつものように声を掛けてくれた。義兄と夫が世間話を始めたところへ純子さんがお茶を運んできた。

ほほ笑みもせず「どうぞ」と湯飲みをそれぞれの前に置くと、台所へすっと戻っていった。もしやたまには菓子でも運んでくるのかなと思ったが、その気配はなかった。1杯目のお茶がなくなった。義兄が席を立ち台所に行ってお代わりを頼んだらしく、間もなく純子さんが急須を持ってきて3人に黙って2杯目を注いでくれた。話に加わることもなく、また台所に戻っていった。いつもそうだ。怒っているというのではないが、笑みのない顔が言っている。長男の嫁というだけで、何で義弟夫婦をもてなさなくちゃいけないのと。

2杯目のお茶を飲み終えると、夫が「それじゃ」と立ち上がった。義兄も引き止めない。純子さんに気を使っているのだろう。40分足らずの滞在だった。あいさつして義兄宅を出るときは、純子さんも見送りに出てきたが「どうも」だけだった。千佳子さんは思う。「遠くから来ていただいたのに、何のお構いもしませんで」「ご丁寧にお供えをありがとうございました」くらいは言ってもいいんじゃないかしらと。

自宅に戻りながら、運転席の夫に言った。

「相変わらずお茶しか出ないね。あなたが2週間前に電話して、墓参りと線香をあげに伺いますと伝えてあったのに」

「兄さんは糖尿病だ。お菓子など甘い物を見るとつい食べてしまうだろう。だからお茶だけだろうよ」

夫は人の悪口を言わない。

「お兄さんが糖尿病になる以前からもお茶以外出たことないわよ、うちよりずっとお金持ちなのに」

という言葉を千佳子さんは引っこめた。

いや、お茶さえ出ないことがあった。4年くらい前の春のお彼岸だ。事前に夫が電話してあったのに仏壇に線香をあげ終わっても何も出ない。義兄が「ママ〜」と呼び「お茶まだかな」と聞くと純子さんはすまなさ感ゼロの声で答えた。

「お茶の葉を切らしているのよ」

「律義に線香をあげに来てもらわなくてもいいのよ」

という純子さんの気持ちがよく表れていた。千佳子さんは心の中でえーっと叫び、本当にお茶の葉を切らしているとしても、コーヒーか紅茶があるでしょうよとむっとした。

義兄も驚いたらしい。

「あ、5分待ってて。ぼくがコンビニで飲み物を買ってくるから」

と立ち上がった。夫が、

「いいよ、いいよ、兄さん、おれ達もう帰るから」

と義兄を制して立ち上がった。千佳子さんもすぐ立ち上がり玄関に向かった。滞在時間10分だった。

「すみませんね」

と義兄が小声で言った。

別のお彼岸はこうだった。夫が事前に電話すると純子さんが言った。

「お彼岸中は旅行に出かけるので、墓参りだけしてうちに寄らないで帰ってください」

千佳子さん夫婦はそのようにした。千佳子さんには気楽な墓参りドライブになった。

また別のお彼岸のときは、純子さんから事前に電話がきた。

「○日ならうちに寄ってもいいですよ。他の日は都合が悪いので」

指定日に義兄宅に線香をあげに寄った。お茶だけは出た。

新型コロナ感染拡大中は夫が、

「家に寄るのはやめて墓参りだけして引き返しますので」

と早めに電話した。純子さんは、

「そうしてください」

と答えたそうだ。内心喜んでいたに違いない。

お中元とお歳暮のやり取りも、

「もう互いにやめましょうよ」

と純子さんが電話してきた。義父母が相次いで亡くなった翌年のことだった。

お中元やお歳暮が届くと、

「ご丁寧にありがとうございました」

とお礼の電話をし、

「お変わりないですか」

などと少しおしゃべりする。純子さんはそれも煩わしくて嫌だったらしい。千佳子さんは「わかりました」と答えた。

義兄宅だけではなく、実家も3年前に90代の父親が亡くなってから、気軽に行けなくなったと千佳子さんは感じている。

兄（長男）の妻映子さんは純子さんと違って、明るく優しく気配り満点の人だ。結婚当初から両親と同居だったが、よく尽くしてくれ、実家に行くたび「映子さん」「映子さん」と、父母が映子さんを頼りにしているのがよくわかった。ありがたかった。

映子さんは必要以外の外出は控え、5年前に母が、3年前に父が亡くなるまでよく世話をしてくれた。幸いというか父も母も寝たきりにも認知症にもならず、倒れて2〜3カ月で逝ってしまった。

映子さんを家につなぎ留めていた鎖は消えた。ようやく我が世の春になったのである。いつ実家に電話しても留守になった。兄の浩一も地域の役をしていることと、ゴルフ仲間と出かけるらしくてあまり家にいない。

先日、映子さんから電話があった。受話器から明るい声が流れてきた。

「千佳子さんお元気？　ご主人も？　そう良かった。早めに伝えておきますね。お盆に線香をあげにきてくださるんでしょう？　私ね、ちょっと用事ができてしまってね、お盆の週は8月〇日しか家にいないんですよ。悪いけど〇日の2時くらいに来てくださいね。ええ、浩一も地域の夏祭りの準備でほとんど家にいないのよ」

おお、日時指定されるのか。しかもお昼をはずしてある。食べてから来てねということだ。いつもお昼はうちで食べてねと言ってくれていたのに、こんなことは初めてである。あ、と千佳子さんは気付いた。映子さんは純子さん化したと。言い方や物腰こそ違うが指定日以外は来ないでね、勝手に好きな日に来るのならうちに寄らないで墓参りだけして帰ってね、もう私は、義妹夫婦に気を使うのはやめたのよということだ。

「はい、そのように予定しておきます」

と答えて電話を切ったあと、千佳子さんはすうっと胸の中を風が吹き抜けていくのを感じた。

これからはお彼岸前にも、日時指定が来るかもしれない。義兄も兄も妻の言うなりだ。親類という絆はもうちぎれかかっている。

千佳子さんは思った。いずれ、夫も自分も生まれ育った家に上がれとも言われなくなり、遠くから眺めるだけになりそうだと。

根くらべ

ユリさん、今電話いい？　2時間でもいいって、あはは。私、ずっとモヤモヤしていることがあってね、ちょっと聞いてもらいたくて。

実家の母が亡くなって4年になるの。今も月に1度実家に行っているの。仏壇と仏間と母がいた部屋の掃除をし、お花を供えてくるのよ。

ううん、実家は空き家じゃなくて、兄の奥さんの頼子さんが1人で住んでいるの。頼子さんは結婚当初から私の両親と同居だったのよ。父も亡くなり、兄も亡くなり、子ども達も独立して頼子さんは母と2人で暮らしていたの。その母も亡くなって、今1人というわけ。ええと、頼子さんは兄と同い年だったから、私より3歳上の79歳ね。特に仲がいいわけでもなく、普通の親類の関係よ。

頼子さんは片付けや掃除が苦手、私は自分で言うのも何だけど、きれい好きだから仏壇の扉はもちろん、内部や仏具までぴかぴかに磨くのよ。いつ親類が訪ねてきても「きれいにしているね」と褒めてもらえるって頼子さんに言われているわ。感謝されているかどうかはわからないけど。掃除が終わったあとは、頼子さんとお茶を飲みながら世間話をして帰るの。

あ、モヤモヤの前置きが長くなっちゃったね。実家は昔風の家だから立派な仏壇が床の間にでんと置かれていて、その床の間に母が残した大きな貯金箱が座っているの。布袋《ほてい》さんの形をした瀬戸物の、え、布袋寅泰《ともやす》？　そっちじゃなくて七福神の中の布袋さん。ええ、ニコニコ顔で袋をかついで裸の大きなおなかを出したほうの。母は生前500円玉のお釣りをもらうと布袋さんの中にチャリンと落としていたのよ。

私は掃除の際、その貯金箱を畳の上に移動させて床の間を磨くんだけど、ずっしりと重いのよ。母が亡くなる何年か前に、

「もう30万円を超したかな」

と言っていたから、その後のプラス分を考えると50万円以上あると思うわ。５００円玉って、貯めていると結構な額になるのよ。

頼子さんも、もちろん知っているわ。母の葬儀のあと、

「これはお母さんの形見だから、娘のあなたが持って帰ってね」

って渡してくれるのかなと期待していたけど、何も言わなかったわ。いくら母の形見でも、頼子さんの手前、私も勝手に持って帰れないのよね。兄が生きていたら、

「おまえ、これ持っていけよ」

って、さっと渡してくれたと思うけどね。

頼子さんが、

「長年同居した長男の嫁ですから、これは私がもらう権利があります」

と強く出れば、私も泣く泣く、いえ、仕方ないかとあきらめるけど、それも言わないのよ。

「お互い年取ったし、この貯金箱を割って中身を半分ずつ分けて元気なうちに活用しま

せんか」

ってどちらかが言えばいいと思うでしょ。でもね、ユリさん、私からは言いづらいの。頼子さんも私が言いだすのを待っているのかもしれないけど。根くらべね。

そんなわけで布袋さんの貯金箱は長男の嫁と娘の間でもう4年も、

「わしをどうしますかな」

というふうににこにこ顔で床の間に座っているのよ。

え？　掃除するときわざと手を滑らせてドンと落として、

「あ、割れちゃったあ」

って叫べ？　あはは、それいいかもねえ。頼子さんと25万円ずつ分けて、一気にモヤモヤ解消かあ。うん、来月掃除に行ったら実行してみようかな。いえ、思い切ってやってみる！　結果を電話するね。またね～。

固く辞退します

自治会からの訃報がポストに入っていた。

小夜子さんの住む地域は、近年新しい住宅が建ち若い一家が増えた。ほぼ共働きで日中は留守が多い。平均10戸でなる一つの班に回覧板が回るのに1週間かかることが珍しくなくなって、数年前から訃報だけはB5サイズの用紙にコピーしたものを班長が各戸のポストに入れるようになったのだ。

あ、野本さん、亡くなったんだ……。

少し先に住む野本さんは、散歩の途中でときどき行き会った。たまに「暑いですね」「寒いですね」くらいの言葉しか交わしたことがないが、温和なおじいさんだった。享年85歳とあった。

訃報の下方に小さな葬儀場の名称と通夜、告別式の日時が記されていたが、そのあとに〈家族葬ですので香典、供花、弔電、弔問は固く辞退いたします〉という手書きの文字が添えられていた。

「固く辞退か」と小夜子さんはつぶやく。香典もお花も持ってこないでね、電報もいらないよ、線香だけでもあげさせてと家に来たりしないでね、絶対守ってねということだ。

「家族葬なので香典、供花等辞退します」といくら訃報に付記しても、葬儀後に故人の家をいきなり訪れる人が必ずいると聞く。だから〈固く〉という念押しが入るようになったのだ。

こんな例があった。

家族葬なので香典、供花等辞退と訃報にあったが「おじいさん（夫）が死んだとき香典をもらっているから」「以前、老人会仲間だったから」とおばあさん5人が誘い合って、家族葬の翌朝に香典を持って故人おじいさんの自宅を突撃訪問した。

玄関に息子が出てきた。おばあさん達が、

「線香をあげに来ました」

と言うと、息子は困惑顔で聞こえるようにつぶやいた。

「辞退しますとはっきり書いたのに」

息子の年代では〈辞退〉とあれば額面通りなのだ。以前、親がどこに香典を出したかなど知らないから関係ないのだ。香典を受け取ればお返しが面倒だ。第一、突然勝手に来られて家の中に上げろと言われても迷惑だ。

義理と人情世代のおばあさん達はそれでも「どうぞ」と言われるのを待っていたが、息子は黙ったままである。おばあさん達は顔を見合わせて仕方なく引き返したそうだ。

内心、ムッとしたに違いない。

しかし、おばあさん達は学んだのだ。今後は訃報に〈香典、供花等辞退〉と書いてあれば、その通りにすればいいのだと。「〇〇さん、亡くなったんだね」と近所で言い合うだけでいいのだと。

ある日、小夜子さんは自転車で15分ほどの大きなスーパーに行った。結構遠くの町からの客も多くいつもにぎわっている。

カートを押しながら買い物をしていると「小夜ちゃん」と呼ばれた。中学校の同級生、敏子ちゃんだった。敏子ちゃんとはこのスーパーに来ると、たまに行き会う。

「久しぶりね」とあいさつし合ってから、カートを押して隅に寄り立ち話を始めた。

敏子ちゃんはスーパーから電車で4つほど先ののどかな町で農業をしている。同じ町に小夜子さんのいとこのヒロエさん夫婦が住んでいる。いとこといってもかなり前に亡くなった伯母（母親の姉）の娘だからもう90代だ。「元気で野菜を作っているよ」と聞いたのは、3年くらい前だ。

「ヒロエさん夫婦はまだ畑に出ている？」

と聞いてみた。

敏子ちゃんは「えーっ」と驚いた。

「連絡なかったん？　ヒロエさんは去年の春に死んだよ。老衰で。おじさんが死んだのは2年前だよ」

今度は小夜子さんがえーっと驚く番だった。

知らないうちにいとこ夫婦は亡くなっていたのか。他の町の親類からも知らせがなかったことを思うと、ヒロエさん夫婦の息子は親類には一切親の死を連絡しなかったのかもしれない。

敏子ちゃんが言った。

「母親のいとこレベルの親類はもう自分達には関係ない、付き合わなくていいと息子は思ったんじゃないの。だから今さらお供えを送らなくていいと思うよ。お返しが面倒くさいと思われるだけだよ」

時代が変わったのだと、小夜子さんは強く思った。

小夜子さんは1人暮らしである。帰宅して他県に住む姉にヒロエさん夫婦のことを電話した。

姉も「亡くなっていたの！」と驚いたあとで、近所のおばあさんの話をした。

そのおばあさんは7人きょうだいだ。今生きているのは本人を含め5人。

最近、１番上の姉が97歳で亡くなった。姉の息子から、

「昨日母が亡くなりましたので一応連絡しておきます」

と電話があった。通夜、葬儀の場所や日時を聞く前に電話がぱっと切れた。かけ直そうとしたら嫁に止められた。

「母親のきょうだいとはいえ、皆高齢だからわざわざ遠くから来てもらわなくていいですよということじゃないですか。寂しいことですが」

と。

「いとこどころか親のきょうだいでも付き合いたくない時代なんだよね」

と言ったあと姉が続けた。

「ヒロエさん夫婦の件は冥福を祈るだけで何も送らないことにしようね」

電話を切ったあと、小夜子さんは姉との約束通り、

「ヒロエさん。おじさん、とっくに天国に行っていたんですね。お別れも言えなくてすみませんでした」と手を合わせた。

もの思う朝

夏、午前7時前。手指も膝も痛い。春先に自転車で転び肩を打ったが、その痛みもまだ尾を引いている。それでも毎朝の散歩は欠かせない。歩かねば歩けなくなるから。77歳の文枝さんは、早朝の道をひと足ひと足踏みしめながら前に進む。人から見ればヨタヨタ歩いているとしか見えないだろうなと思いながら。

昔住んでいた団地の前に来た。懐かしいので、毎朝の散歩コースに入れてあるのだ。あらっ。一番手前の棟の階段下におばあさんが手提げ袋を持ったまま、ペタンと座り込んでいた。文枝さんもおばあさんだが、ずっと年上と思われるおばあさんだ。肉付きのいいどっしりした体形である。文枝さんが近づくと「ここから」とコンクリート階段の1段目を指し、

「滑り落ちたんだよ。早く起こして。病院に行く時間なんだよ」

と訴える。着地寸前に滑り落ちたので、けがもないらしい。

文江さんは小柄でやせている。

「ごめんなさい。手も足も痛くて抱えられないんです。ちょっと待っててください」

と周囲を見回すと、近くの花壇で2人のおじいさんが動いていた。

「あそこのおばあさんを起こしてあげてください」

行って文枝さんが頼むと、2人はゆっくり立ち上がった。1人は少し腰が曲がっている。2人は文枝さんが示す方向に目を向け、おばあさんの体形を見て言った。

「ぼくは腰が痛いのであの人は無理だよ。起こせないよ」

「わしもだよ」

まさかの介助辞退表明である。薄情な、と思ったが高齢になると誰もが他人のことより我が身が大事なのだ。どっしり体形おばあさんを起こそうとして自分がひっくり返ったら大ごとだから。

おじいさん2人は何か相談し、1人がスマホを出して文枝さんに言った。

「今、若いめの人を呼んであげるよ」

薄情ではなかったのだ。やがて少し若いめのおじさんが別の階段口から下りてきて、おばあさんを後ろから抱え込んで立たせた。

「病院は何時の予約ですか」

と文枝さんが聞くと、おばあさんは、

「10時だよ」

と答える。

まだ2時間半もある。病院はすぐ近くだ。もう一度確認すると、

「○日の10時だよ」

と言う。
○日は明後日である。そう教えるとおばあさんは、
「今日は○日じゃないのかい？」

と聞く。おじいさん2人が小声で、

「少しぼけが来ているんじゃないのかね」

と話している。

そうかもしれない、と思った。結局、呼び出された若いめのおじさんがおばあさんをサポートして、2階の彼女の部屋に送ったのだった。

周りが年寄りばかりになると、助けたくても助けられない場合が多くなる。（私のような肉付きの少ないほうが助け起こしてもらいやすい）などと考えながら、文枝さんは再び歩き始めた。友人の話を思い出した。

「もう亡くなったけど、うちのおばあさん（姑）は小柄で体重も35キロしかなかったの。80代のとき病院に入院したことがあったのよ。私が仕事を持っていたので、付き添いさんを頼んだの。おばあさんは穏やかな性格のうえ、小柄で軽いから世話しやすいと喜ばれたわ。退院が決まったときは、付き添いさんに残念がられたわよ」

その後、友人の姑は介護施設に入ったが、小柄で軽いので介護しやすいと、介護者に大モテだったそうだ。

「体位も介護者が力を入れずにころんころんと変えられるので、亡くなるまでまったく床ずれもできなかったのよ」

と友人が言っていた。

文枝さんはいつもの公園に着き、ゆっくりと木陰のベンチに腰を下ろした。

今朝はいろいろ考えさせられた。大モテなんて私には一生縁のない言葉だと思っていたけど、小柄でやせているし身長も年々縮んでいる。介護されるようになったら扱いやすいと、大モテかもしれないな。

文枝さんは朝日に輝く濃緑《こみどり》の木々を眺めて深呼吸してから、思った。まあ、あまりうれしいモテ方ではないけどね、と。

今日も平穏無事

人生が思った通りにはいかないものだとは誰もが知っている。

でも、まさかたった1人の妹が病気であっけなく亡くなるなんて。独身でまだ51歳だったのに。まさか父より3つ年下の母が先にぼけて、娘の私さえわからなくなるなんて。人生、思った通りに行かなさすぎる……。

そう美也子さんがつぶやいたのは3年前、認知症の母親を介護施設に預けた(入所)日のことである。

古い2階建ての家で1人暮らしを余儀なくされた父親は、そのとき90歳。美也子さん57歳。

父親に伝えた。

「幸いお父さんは元気なので、私はこれまで通り、週に1回月曜日にパートが終わってから様子を見にくるね。必要な物があれば、そのとき言ってね。次の週に買ってくるから」

父親はきっぱりと答えた。

「要る物は運動を兼ねて自分で買いにいく。自転車があるし」

相変わらずかわいげのないお言葉で、と美也子さんは心の中で苦笑いしながら気付いた。父親が明日からの1人暮らしを全く心細がるふうもなく、むしろ歓迎しているみたいだと。

認知症が始まって身なりをかまわなくなり、いろいろなことを間違えたり忘れたりするようになった母親を、父親はよく怒鳴っていた。歯がゆかったのかもしれない。明るく美しかった妻の変貌が受け入れられなくて、でもどうすることもできなくていつもいらいらしていたのかもしれない、と。

父親が言った、というより、宣言した。

「お父さんは元気だが高齢だ。これから毎日朝と夕方パソコンから美也子のスマホに短いメールを入れる」

「安否確認メールね。いい考えだね」

父親は昔から機器に強くパソコンを使う。88歳のとき、スマホを使ってみると言って自分で買いにいったが、「操作を覚えられない。字も小さい」と腹を立て、1週間後に自分で解約に行った。

父親が続けた。

「朝は午前6時から6時半の間に〈おはよう〉と入れる。夕方は午後6時半から7時の間に〈今日も平穏無事〉とメールを入れる。届いたらすぐ返信をくれ。〈了解〉だけでいい」

全くの指示口調であるが、要点を押さえておりむだがない。元管理職の癖は今も抜けていない。私はお父さんの部下かい。美也子さんは心の中でくすっと笑った。

「お父さんからのメールが来なくなったら美也子、すぐうちへ来い」

今度は命令である。

「わかりました」

翌朝から約束通り、朝は〈おはよう〉、夜は〈今日も平穏無事〉のメールが入るようになった。美也子さんがすぐに〈了解〉と返信しないと「どうした、何かあったのか？」と父親のほうが心配して電話してくる。それが1〜2度あったので、その時間帯はポケットにスマホを入れるようにした。

美也子さんの家から実家までは同じ県内でも車で片道1時間半かかる。月曜日のパートは午前中だけだ。家に戻らず会社から車で実家に直行する。車の中で昼食用の菓子パンをかじる。

1時半すぎ実家に着くと一息入れてから大働きする。台所と洗面所、トイレ、風呂場を磨く。掃除は父親がざっとしているのでしない。3〜4時間ほどいて帰宅する。62歳の夫はまだ現役だ。手がかからないタイプで、晩ご飯も適当に作って先に食べ、美也子さんの分もちゃんと取り分けておいてくれる。ありがとう、と言って食べる。

美也子さんが休日に実家に行かないのは、自分のためだ。休日は家の用事をしたいし、休養をとりたいから。娘の自分が元気でなければ父親を見守れない。

1人暮らしになった父親は別人のように全く怒鳴らなくなった。口調が穏やかになり、それまで聞いたこともなかった「美也子、今日もありがとう」という感謝の言葉を口にするようになった。やはり認知症の母親との2人暮らしに神経がささくれていたのだ。

父親は自分で3食作って食べる。朝はパン、昼は袋入りのインスタントラーメン、夜は鍋。季節に関係なくほぼ同じメニューの粗食だ。大きめの鍋はふたを取ると、いつも黒っぽく濁った汁がたっぷり入っている。

「これ、捨てていい？」と聞くと、父親が「だめだ」と一言。

このだし汁の中に肉や野菜を入れて煮るというのが晩ご飯なのだ。

えっ、だし汁を捨てずに水を注ぎ足して毎日使っているの！　老舗の秘伝だし汁か、と突っ込みたくなったが黙っていた。父親がいいのなら、それでいいのだ。冷蔵庫の野菜室に入っている野菜も傷みかけのものばかり。毎日運動を兼ねて自転車で商店街に買い物に行っているのに、一山いくらという一番安い新鮮味の抜けた野菜しか買わないのだ。

「お父さん、お金に困っていないんだから、いい食材を買って食べたいものを食べればいいのに」と美也子さんが言ったことがある。父親はしみじみとした口調でこう答えた。

「お父さんは戦争に行ってどれだけ大変な経験をしたことか。それを思えばお金はむだに使えないいんだよ。毎日いかにお金を使わないかを心掛けているんだよ」

そうなのかと以後、何も言わないようにした。父親は健康でどこも悪くない。こういう食事で本人がいいと言うのなら口出しは無用だと、美也子さんは割り切ることにした。

母親は介護施設に入所して1年後に亡くなった。新型コロナ禍で直接対面の面会はできないままだった。

施設の職員が車いすの母親を玄関前まで連れてきてくれる。父親と美也子さんは数メートル離れた車の中から窓越しに手を振るという面会だった。

それが最後になるとは思わなかったが、その日も父親と美也子さんは何度も手を振った。母親はこちらを向いてゆっくり手を振り返した。誰だか知らないが、手を振ってくれているから振り返しただけだったかもしれない。切ない別れだった。

今年、父親は93歳になった。昨年から自転車は危ない、でも外に出なくなったら弱るからと、電動三輪車にした。毎週行っている美也子さんには一言の相談もなかった。父親はすべて自分で判断して購入したのだ。それを運転して毎日買い物に行く。安い肉や野菜を買いに。

見事に1人で生きているなと美也子さんは感心し「お父さん、偉いね」と伝えた。父親は苦笑いし「もし、美也子に何でもしてもらったり、一緒に住んだりしたらお父さんは何もしなくなる。何もできなくなってすぐ弱る」と答えた。

父親は少し前からときどき、ほんの少し美也子さんに甘えるようになった。「厚焼き卵を作っておいてくれないか」「カボチャを煮ておいてくれないか」くらいだが。

さすがに老舗の秘伝だし汁の鍋以外の物も食べたくなったのか、と美也子さんは心の中でうふふと笑いながら「はーい」と答える。

この前の休日〈事件〉が起きた。

美也子さんは休日でも早起きだ。午前6時前になったので父親の〈おはよう〉メールに備えエプロンのポケットにスマホを入れた。

あれ？　午前7時をすぎても、スマホのメール着信音が鳴らない。こんなことは初めてだ。この3年間、きちんと届いていたのに。

美也子さんは家事の手を止め、騒ぎ出した胸に言い聞かす。

お父さんは93歳よ。ときどき、夜眠れないことがあると言っていたから、朝方になって眠りこんでいるかもしれないよ。それならかわいそうだね。8時半まで待ってみようよと。

8時半。スマホは鳴らない。おかしい。実家に電話して20回鳴らしたが出ない。トイレかもしれない。9時まで待ってみよう。

午前9時。電話を30回鳴らしたが出ない。不安の輪が広がっていく。実家の近所に昔から親しくしている家がある。父親のことも気に掛けていてくれる。電話して門が開いているか見にいってもらおうかと考えていると夫が言った。

「自分で見にいったほうがいいんじゃないか。洗濯物はおれが干しておくよ」

「うん、そうだね」と美也子さんは急いで支度し、9時半に車で実家に向かった。

片道1時間半は長い。信号待ちの間に何度かスマホから実家に電話したが、出ない。あの父親が10時すぎまで寝ているなどあり得ない。

黒い想像が広がる。

閉まっている門を開け玄関に走りドアを開けると、家の中は鎮まり返っている。恐る恐る2階に上がるとお父さんがベッドに横たわって目を閉じている……。119番か110番か……。その映像が頭の中でぐるぐる回る。実家に到着するのが怖い、いや、一刻も早くお父さんの〈今〉を確認しなくちゃ。

やっと到着。門脇の駐車スペースに軽自動車を前進で突っこむと、美也子さんは深呼吸した。門扉を押す。

あれ、門、開いてる？　焦りながら玄関を開けると、2階からテレビの音が聞こえる。

ん？

階段を駆け上がると、いつも通り座いすに座って大音量でテレビを見ている父親の姿が。ああ、何よ〜。安堵すると同時に力が抜けた。

美也子さんを見て父親が驚いた。

「美也子か、突然どうした？　びっくりするじゃないか」

「お父さん、何で電話に出ないの？」

「電話？　何の話だ？」

「今朝、おはようメール来てないよ」

「6時20分に送っただろ」

「メールが着かないから何度も何度も電話したんだよ、でも、出ないから昨夜の〈今日も平穏無事、お休み〉でベッドに入ったまま死んでるかと思って飛んできたんだよ」

父親はハッハッハと声を立てて笑い「ま、それがお父さんの理想だ」と言ったあとパソコンを立ち上げてメールを確認した。

「あれ、今朝はメールしてなかったな。送信したつもりだったんだが。ぼけたのかな」

「お父さん、安否確認メールが着かなかったら、美也子すぐうちに来いって3年前に言ったよね。だから」

いや、すまなかった、電話が居間で鳴ってもお父さんは耳が遠いし、2階には聞こえないんだよと謝ってから、「遠いのにありがとう」と礼を言ってくれた。1人暮らし歴3年、父親はますます丸く穏やかになってきた。

せっかく来たので1時間庭の草取りをしていくことにした。ツツジの季節が終わり、小さい庭だが草が緑の丈を伸ばし始めていた。

その〈事件〉以来、朝夕の安否確認メールはまたきちんと届き始めた。

父親が1人暮らしを淡々と続けてくれるからこそ、私も仕事を続けられる、自分の生活を送ることができる。お父さん、ありがとうと美也子さんは日々、心の中で感謝する。

一方、父親にもう何があってもそれは仕方ないのだという覚悟をするようにもなった。父親は93歳の今を毅然として生きている。私は精いっぱい、父親を見守っていて、これ以上できることは何もない。

強引ぐ　まいうえー

午前7時半、ピンポーンと玄関チャイムが鳴った。7月。夜明けが早いとはいえ、こんな時間に来るのはおばあちゃんしかいない。おばあちゃんは1日を自分時間で動いているから。

急いで出ないとチャイムを連続叩き押しされるから、真由子さんは玄関に飛んでいく。ドアを開けると、やっぱりおばあちゃんが立っていた。いつもの鬼ババ風味の顔で。

「おはようございます」

「おはよう。今日の9時半に目医者に行きたいと、明に言っといて」

息子に車で送迎してくれということである。明さんは半年前に65歳で完全退職して家にいる。ひまだからいつでも送迎するとは言ってあるが、ときどきは用もある。

「あー、今日の午前中は出かけると言ってました。眼科は定期的に目薬をもらうだけですよね。午後ではどうですか」

おばあちゃんは特に残念がるふうもなく、

「そうかい。じゃ、自分で行くよ」

と言うと、すたすたと帰っていった。帰るといっても同じ敷地内にある古い大きな家に、であるが。

同じ敷地内にある小ぶりの今風の家が、真由子さん夫婦の家だ。2軒の間にはたくさんの木々や花が植えられた庭があり、一応双方の目隠し的役割をしている。庭の端に飛び石を敷いた小道があり、2軒の連絡通路となっている。

真由子さんはリビングに戻り、テレビのニュースを見ていた夫に、今のやり取りを告げた。

「えーっ、自分で行くって、車を運転していくんだろ。危ないよ」

「自分で何時に行くと決めたら絶対行く性格だもの。この前だって」

2週間ほど前のお昼すぎ、おばあちゃんがいきなりやってきて、

「買いたい物があるから今からホームセンターへ乗せていっておくれ。私はもう用意できているから」

と言う。

「今からママと一緒に銀行とスーパーに行くので、2時間くらいあとでいいかい」

と明さんが聞くと、

「そうかい、わかった」

とあっさり帰っていった。

2時間後、帰宅して、

「パパがすぐ送っていくそうです」

と伝えにいくと、おばあちゃんは涼しい顔で、

「もう自分で行ってきたよ」

と答えた。

真由子さんは夫と朝食をとりながら話す。

「おばあちゃんは89歳よ。なまじ運転ができると危ない。パパから免許返納するよう強く言ってよ」

明さんが諦め顔で言った。

「何度も勧めたけど聞かないよ。まだ頭もしっかりしているし、運転する自信がなくなったら返納するだろう。なるべく乗らせないよう見守るしかないな」

明さんが車で出かけたあと少しして、おばあちゃんの軽自動車が車庫を出ていく音がした。

予定通り、眼科に行ったのだ。車で20分ほどの所である。

おばあちゃんの車は、1時間余りして帰ってきた。真由子さんはほっとしながら思う。

外面はいいが実は他人の欠点を見つけるのが得意、「あの人はああ見えてこうなんだよ」とわざわざ悪口を言いにくる。私の行動をどこからか見ていて「昨日は昼から1人でどこに行ってたんだい？」などと聞いてくる。うっとうしい。かわいげなしの口達者、つよーい〈強引ぐ　まいうえー〉ばあちゃんだが、交通事故では死なせたくない、と。好きではないが、長年同じ敷地に住んでいればそれなりの情は湧くのだ。

サッシを開け放ち、リビングに掃除機をかけながら何気なく庭を見ると、帽子、エプロン、首に手拭いを巻いたおばあちゃんが、軍手をはめながら庭に出てきたところだった。まめなおばあちゃんは、お昼まで草取りをするらしい。

う、またアレを聞かされるのか……。

しゃがんだおばあちゃんの姿が、庭木の陰で見えなくなった。しかし、掃除機を止めるとアレが念仏のように流れてきた。

ちくしょう、ちくしょう、こんちくしょうめ〜。

続いて、

「まったく、ヨネコさんは自慢ばっかりして。えらそうに、ふん」

と、近所のばあさん仲間の悪口。つぶやくのではなく、はっきり聞き取れるレベルの独り言だ。

暑い季節、広い庭はすぐに草がはびこる。おばあちゃんは草を罵りながらぐいと抜き、草に他人の悪口をぶっつけながらむしるのだ。

真由子さんは草が気の毒になる。何かの番組で聞いたことがある。乳牛や植物に音楽を聞かせたり、優しい言葉を掛けているとお乳の出が良くなったり果実が甘くなったり立派な花が咲いたりする、と。

ということは、罵られ悪口を聞かされ続けているおばあちゃんちの草は、気分を害して、うぬっ、また生えてやるぞとまさに雑草魂を発揮するのではないか。

真由子さんは反対だ。

「あなたも一生懸命生えているのにごめんね」

と謝りながら草を抜く。まあ、どっちみち抜くことは同じではあるが。

なぜ、おばあちゃんは罵ったり悪口を言いながら草取りをするのか。一度、真由子さんは明さんを呼び、

「ほら、パパ、聞いてみて。コワイよ」

と聞かせたことがある。

明さんはぎょっとして、おばあちゃんのそばに行き、

「何でそんなこと言いながらやるの？」

と聞いた。

「ああ、声に出すとどんどんはかどるし、悪口を思い切り吐き出すと気分がすっきりするんだよ。今もうんと気持ちがいいよ」

明さんは何も返せず苦笑いしながら戻ってきて、真由子さんに言った。

「あれは、ばあちゃん流の掛け声とストレス解消みたいだよ」

真夏になった。おばあちゃんは朝早くから罵りながら庭の草を取り、朝ご飯を食べるとすぐ裏の畑に行く。広くはないが野菜も作っているのである。ときどき、車を運転して近くのスーパーへも行く。

ある日、真由子さんはおばあちゃんがやせたのに気付いた。暑いのに動きすぎかなと思ったが、マメに動くのは昔からである。

明さんに言うと、

「健康診断の結果は異常なしだと自慢していた。野菜とそうめんくらいしか食ってないからじゃないか」

と。

そうか、栄養不足かもしれないと気付いた。年寄りの1人暮らしはお金に困っていなくても作るのが面倒で粗食になりがちだ。かわいげはないが、よく野菜をもらうし、2人分作るのも3人分作るのもたいして変わらない。

晩のおかずを作って持っていってあげようか。真由子さんは、そう考えた自分に驚いた。60半ばに近づいたせいかしら、私、優しくなったじゃんと自分を褒めた。

夕方、豚肉多めの八宝菜とアボカドとマグロの和え物を持っていった。おばあちゃんは、

「あれまあ、ごちそうだねえ」

と驚いたあと、少し照れくさそうに、

「ありがとう」

と言った。

真由子さんは耳を疑った。「ありがとう」が言えるんだと。これまで何をしてやっても長男の嫁なら当たり前だろうという受け止め方だったのに。真由子さんはちょっと感激し、言った。

「明日の晩はカレーの予定ですが、食べますか」

「カレーかい。ずいぶん久しぶりだよ」

まさかの笑みを浮かべたおばあちゃんを見て、真由子さんもついほほ笑んだ。

翌日、肉多めのカレーを小鍋に入れ、小鉢に春雨、キュウリ、ハムをマヨネーズであえたサラダを盛り付けて持っていった。

おばあちゃんは「ありがとう」と受け取ったあと、洗った昨日の皿を返しながら、

「ごちそうさま。おいしかったよ」

と、まさかの感想まで言った。

真由子さんはうれしくなって、

「2人分も3人分も作るのは一緒ですから、これからずっと晩のおかずを持ってきます」

と伝えた。

「そうかい。毎日楽しみができたよ」

とおばあちゃんはしわだらけの顔をほころばせた。これまで見たことのない、ちょっぴりかわいさと柔和さが混じった顔になった。

こんな表情があったのだ……。真由子さんは驚いた。おばあちゃんは大家族の旧家に嫁にきて姑、小姑にいびられ、ずいぶん苦労したと聞いたことがある。その年月がおばあちゃんの顔を鬼ババ風味にし、〈強引ぐ　まいうえー〉の性格にしたのだと納得した。

1週間後。晩のおかずを持っていくと、おばあちゃんが財布から1万円を取り出して、

「おかず代の足しにしておくれ」

とくれた。

おー。こんな優しさがあったのだ。真由子さんは感激しながら遠慮なくもらった。小遣いにしよう。

「ありがとうございます」

と礼を言った。

それから1カ月。またおばあちゃんは1万円くれた。いつもおいしかったと言ってくれるようになった。全体に少しふっくらしてきた。栄養が足りてきたのだ。

休日。隣市に住む娘が、2人の子どもを連れて遊びにきた。娘が真由子さんを見て言った。

「ママ、前より顔が明るくなったね。優しい感じになったというか。いいことでもあった?」

「え、そう?」

あっと思った。ずっとおばあちゃんを鬼ババ風味のきつい顔だと思ってきたが、おばあちゃんから見ると私も、自分では言いたくないけどちょっぴり鬼嫁風味の顔だったかもしれない……。

自分達の生活に踏み込まれないようにと、おばあちゃんとは意識して距離を取ってきたが、距離を取りすぎていたかもしれない。これからもべったり仲良くはしたくないが、少しは仲良くしてみよう。最終的には、死ぬまで元気でいてくれるのが一番だから。ま、今の感じだとおばあちゃんは１００歳まで生きそうだけど。

「おばあちゃんを呼んできて。みんなで一緒にお昼ご飯食べようって」

娘に言いながら窓の外を見ると、孫と曾孫の到着を見張っていたらしいおばあちゃんが、すでに飛び石を歩いてこちらに来るところだった。穏やかな小さな笑みをたたえて。

──あとがきにかえて── 「年齢《とし》をとる良さ」

この本は今どきの60代〜90代の、すべて実際の話をもとにした超短編小説集である。

どの主人公も〈今〉の日々を慈しみながら生きている人として描いたつもりである。

主人公たちの生き方はたくましく、また柔軟でもある。思いがけない出来事にいっときはうろたえても嘆き過ぎることなく現実を受け止める。そうして、選んだ生き方を「これでいいんだよ」と自分に言い聞かせて納得し、前を向く。年齢《とし》をとる良さとは、まさにこういうふうに自分の生き方を肯定できるようになることかもしれない。

書きながら苦笑したことがある。主人公は皆、愛をたっぷり持っているが、その愛はほとんど夫以外に向けられているということだ。表題通り、夫は死んでから最愛の人になるのだろう。

自分の心のままに生きれば、幾つになっても人生を楽しめる。主人公の行動、考え方、割り切り方、いい意味での開き直りが皆様の参考になれば幸いである。

最後になりましたが、この本を書く機会を与えていただいた株式会社草思社と編集部の五十嵐麻子さんに心からお礼を申し上げます。

令和5年10月

小川有里

本書は書き下ろし作品です。
この作品はフィクションです。
実在の人物・団体とは一切関係がありません。

カバーイラスト　村田善子
装幀・本文デザイン　木村美穂（きむら工房）
校正　有賀喜久子

小川有里《おがわ・ゆり》

一九四六年高知県生まれ。介護雑誌などのライターを経て現在はエッセイストとして活躍中。テーマは、女性、家族、育児、社会現象、シニアなど。著書に『定年ちいぱっぱ――二人はツライよ』『定年オヤジのしつけ方』『負けるな姑！　嫁怪獣（ヨメサウルス）に喰われるな』『おばさん事典』『加齢なる日々　定年おじさんの放課後』『強いおばさん　弱いおじさん 二の腕の太さにはワケがある』『おばさん百科』などがある。

ご意見・ご感想は、
こちらのフォームからお寄せください。
https://bit.ly/sss-kanso

死《し》んでしまえば最愛《さいあい》の人《ひと》

二〇二三年十一月六日　第一刷発行

著者　小川有里《おがわゆり》
発行者　碇　高明
発行所　株式会社草思社
〒一六〇-〇〇二二
東京都新宿区新宿一-一〇-一
電話　営業　〇三（四五八〇）七六七六
　　　編集　〇三（四五八〇）七六八〇

本文・付物印刷　中央精版印刷株式会社
製本所　中央精版印刷株式会社

ISBN978-4-7942-2683-9 Printed in Japan 検印省略